ヘミングウェイと女たち

石　一郎

南雲堂

ヘミングウェイと女たち　目次

ヘミングウェイと女たち

戦争そして初恋の人

第一次大戦

二十世紀は第一次大戦から第二次大戦へと続く戦争の時代で、二十世紀を初頭から生きたヘミングウェイから戦争を除いて、その人生はむろん文学も考えにくい。

アーネスト・ヘミングウェイは、一八九九年七月二十一日、シカゴ近郊の町オーク・パークに生まれた。父のクラレンスは開業医。彼が高校を出て『カンザス・シティー・スター』紙の見習記者になると、アメリカはすでに第一次大戦に参戦（一九一七年四月）していた。翌年アーネストは兵役を志願し、左眼弱視のため検査にはねられると、イタリア軍所属の衛生隊要員となったのを幸い、四月末に新聞社を退社して、数十名の要員とともにヨーロッパへ渡った。パリを経由して北イタリアへ入り、東進してドロミテ山地の駐留地スキオに至った。それは前線の背後で、退屈な日日を過ごしたのち、酒保要員に転じ、最前線に近いピアーベ河畔の小村フォッサルタへ移った。彼の役目は塹壕にいる兵隊たちにチョコレートやたばこを配給することだった。そして一九一八年七月八日夜半、塹壕を出て監視哨に近づいた瞬間、オーストリア軍の砲弾が落下して炸裂した。それはアーネストにとって最初の運命的な瞬間だった。

砲弾は五ガロン入りのブリキ缶ぐらいに大きく、中につめてある金属片は恐ろしい勢いでとび散った。アーネストは爆風でその場に叩きつけられた。『武器よさらば』には次のような生生しい描写がある。

……また音がすると、その間から咳をするような音が耳に入った。するとシュ、シュ、シュとやってきた。やがて熔鉱炉の戸口をパッと開いた時のようにピカッと光った。轟音だ。閃光《せんこう》は初めは白かったが、だんだん赤くなって爆風に包まれた。わたしは息をしようとしてみたが、息がどうしても出なかった。体全体がごっそりとび出して行くような感じがした。ぐんぐん、ぐんぐん休む間もなく体ごと爆風の中へとび出し、体じゅうがすばやく出て行った。わたしはてっきり死んだのだと思った。……

アーネストは死にはしなかった。爆風でその場に叩きつけられる一方、監視哨の兵隊は一名が即死、他の一名は血まみれになって倒れていた。彼は必死になって立ち上がり、血まみれの兵隊をかつぎ上げ、後退すると、敵の機関銃掃射が始まり、弾丸は右脚の膝頭に命中した。よろめいて塹壕に辿りつき、転がり込んで失神した。

アーネストの行為は一種の英雄譚として伝えられたが、彼自身は重傷を負い、後方の応急手当所へ運ばれ、右脚から二十八個の金属片を摘出した。さらに後方の野戦病院へ移されたが弾丸の摘出は行えず、病院列車でミラノへ行き、アメリカ赤十字病院に収容された。

局面も情勢も一変して、ミラノは平和で静かだった。血なまぐさい前線は消え、彼は奇跡のように平和で幸福な世界に舞い戻った。のみならず赤十字の看護師アグネスに心を惹かれ、恋に落ちた。

アグネスの本名はアグネス・ハンナ・フォン・クロウスキー、実家はワシントンにあるが、ドイツ系でドイツ語の教師だった父はすでに亡く、彼女は一時公立図書館に勤め、後ニューヨークのベルビュー病院看護学校を出て赤十字看護奉仕隊に参加し、海外勤務を志願した結果、ミラノの赤十字陸軍病院配属を命じられ、イタリアへやってきた。

赤十字陸軍病院は、商店街ガレリアに近いマンツオーニ街にあって、四階建てのビルの

三、四階を病院として使い、七月に開設したばかりだった。患者は少なく、今のところ四名にすぎなかった。いずれも病人だった。が、アーネストは、戦傷者として個室に収容されていた。派遣されてきた赤十字の看護師は初め十数名いたのが、手不足な他の病院へ転出し、あとにはアグネスを含め数名が残ったが、新顔のアグネスは宿直勤務を引き受けることが多く、夜間見回りの度アーネストの病室へ現われた。

軍医はアーネストの右脚から、さらに二百余りの金属片を摘出した。アーネストは苦痛に耐え、包帯を厚く巻いた右脚を投げ出すようにして横たわったが、夜になると悪夢におびえた。暗闇の中で砲弾が炸裂し、逃げようにも逃げきれず、生死の境をさまようのだった。うめいて目をさますと、ベッドの横には看護師のアグネスが立っていた。それは白衣の救いの天使だった。彼はすがりつきたい思いに駆られ、

「行かないで」

と訴えていった。

アグネスは初めての患者でもあるアーネストから目を離さずに、看護をよくした。背中を拭き、包帯を取り換え、身の回りの世話まですると、看護を天職とする喜びも湧く一方、砲火の下をくぐり抜けた若者が急に大人びて見え、頼もしいばかりかあふれるような活力に引き寄せられた。

アーネストはそんなアグネスに度々手紙を書いた。宿直の日にアグネスが現われないと、「今どうしていますか」と書き、手紙は年輩の看護師に託すのだった。アグネスは救いの白衣の天使で、そのアグネスから離れられず、手放すことができなかった。そしてアグネスは若者の手紙を楽しそうに読んだ。

二週間後、アーネストは年輩の看護師に付き添われ、病院車でマジョーレ病院へ行き、右脚の膝頭から弾丸摘出の手術をした。手術は短時間で無事に終わり、病院に戻ったけれど、右脚をギプスで固定したため、ベッドに横になったまま身動きも思うようではなかった。

その日アグネスは非番で、イタリアの軍医中尉に誘われて外出していた。病院に戻って現われたアグネスは腹立たしかった。アーネストは見すてられた人間のようにいら立ち、

「もう何も頼むもんか」

と突っぱねていった。

アグネスは悪いことをしたように後悔した。それまで付きっきりに看護した患者というより若者から、自分が見放されたようなわびしさが襲った。そんなわびしさを埋め、アーネストのそばを離れずに看護した。

手術後の経過は順調だった。抜糸して、アーネストは病院の廊下を松葉杖をついて歩い

た。次にギプスも取れ、九月下旬保養休暇を得たのを幸い、杖をつきながら、退院間近い患者と汽車で一時間半ばかりの保養地、マジョーレ湖畔のストレザへ行った。アグネスは若者の身を案じ、追いかけるように二通も手紙を書き、「あなたが見えないので淋しい」と付け加えた。

元気を取り戻したアーネストはミラノへ帰り、日曜日にはアグネスや非番の看護師を誘い、サンシロの競馬場まで馬車に乗って遠出をした。帰りはアグネスと二人、ガレリア街のレストランで食事をした。アーネストは青春の喜びに浸り、夜間の病院見回りを終えて現われるアグネスと、病室の外のベランダに出、長椅子に腰を下ろした。そして二人だけの時間を楽しむのだった。

甘美なひととき、二人は肩を寄せ合い、アーネストが唇を重ねると、アグネスは待っていたように身じろぎもしなかった。

しかし甘美なひとときも終わらなければならなかった。十月十五日アグネスはフローレンスの赤十字病院へ転出するので、ミラノを後にした。フローレンスに着いてからも、別れがたい愛慕の心が残り、アグネスは殆ど毎日のようにアーネストへ手紙を書いた。

若きヘミングウェイとアグネス、外に二名の赤十字看護師。
（A. E. ホッチナー『ヘミングウェイとその世界』より）

愛の手紙

アグネスは自分ひとりミラノを離れる孤独に耐えかねるのか、「あなたがいらっしゃらないので淋しい」と繰り返し訴える手紙をアーネストへ書いた。手紙は年内だけでも三十数通に及んだ。いずれも長文だが、心情を吐露する言葉を追ってみる。

「向かいの客席にいる夫婦は、風邪を引いた妻を外套でくるんでやり、咳止めのドロップをちょいちょい手渡し、何くれとなく心を配っています。そんなわけで、あなたがここにいて、わたしのことを少しでも気にかけ、わたしのコートをかけてくださったらいいのにと思いたくなります。……眠る前にもう一度あなたの写真を見ましょう」

（一九一八年十月十五日付、車中にて）

この便りを初めとして――

「ああ、あなたがここにいらしてくださったら、わたしはとんでいって起こし、今頃はあなたはわたしにほほえみかけ、強い腕でわたしを抱きすくめるでしょう。なんという空望み。――あなたを愛しています。今も、いつも」（十月十七日付）

「事務室に一日中置いてあったお手紙を見つけました。昨日、そして今日は夕方。さらに二通受け取りました。うれしい祝祭日！……お休みにキスをしてください（あなたにではなく、このお手紙にいっています）」（十月二十日付）

「ああ、あなた、あなたにお会いもせずにあなたをどこかへ行かせるなんて、できません。何日もお便りがなく、あなたがいるのかいないのか、分からないとしたら……陽はよく照っていても、あなたのいらっしゃらないわたしは迷子です。あなたのいない淋しさは、このうっとうしい雨のせいかとも思いました」（十月二十五日付）

この日（十月二十五日）アーネストは退院し、赤十字衛生隊本部のあるスキオへ直行したが、本部は東のバッサーノへ移っていた。傷病兵運搬車に乗ってバッサーノへ行った。原隊（第四分隊）に合流したものの、体調をくずし、黄疸《おうだん》にかかり、スキオに引き返すと、病院の車でミラノの赤十字病院に舞い戻った。

「お昼にミラノから郵便が来ました。初めあなたのご病気を心配しましたが、キャヴィ（同僚）の手紙では、わたしが戻るまでにはすっかり良くなっているでしょうということでした。わたしが戻った時には、ミラノであなたに会えるのだと思い、うれしくなって顔を枕に埋め笑いました」（十一月一日付）

「あなたがいらっしゃらないので淋しい、とてもあなたを愛しています。こないだの晩は、あなたがストレザから戻って、エレベーターを降りたときのご様子を思い浮かべていました」（十一月二日付）

「あなたが病み――わたしはミラノから離れたくないのに、ミラノはだんだん遠く離れ始めています。……あなたは看護師が必要な時に、わたしは多分あなたの手の届かないところにいることでしょう」（十一月三日付）

その日十一月三日、オーストリア軍は降伏し、次いで十一日にはドイツ軍も降伏して、四年間に亘った第一次大戦は終わった。街は連合軍の勝利で沸き立っていたが、赤十字病院は多忙を極めた。前線から後送されてくる傷病兵の数はふえ、看護師は手不足になってアグネスはフローレンスから呼び戻された。彼女は喜んで舞い戻ったものの、アーネストとの再会を楽しむ余裕もなく、二週間後の十一月二十日、今度はトレビゾの陸軍病院へ派遣された。そこはヴェニスの北、前線に近い町で、ミラノは「だんだん遠く離れ始める」予感通りの遠隔の地だった。

「あなたがいらっしゃらないので淋しく、とてもお会いしたいのです」(十一月二十八日付)

とアグネスは書き、

「ランプが二つ、あるいはひとつ、そんなランプの明《あか》りで、務めのホンのちょっとのひまにお手紙を書いているなんて、我ながら驚きです。ランプのひとつは芯が切れてしまい、発電所がないので、水道もなく電気も来ていません」(十一月三十日付)

と不自由で多忙な様子を知らせた。そして愛慕の思いは募った。
「先日のお手紙では、わたしに会いにこちらへ来るようなことをおっしゃっていましたので、わたしはいつも窓の外を眺め、かっこうのいい英国ふうの軍服で、派遣軍の軍帽をかぶり、杖をついたいつものがっしりした姿が見え、そう思ってとびはねるのです。とても奇妙なことですね。何度か失望落胆してわびしくなっています」(十二月八日付)

翌十二月九日、アーネストはアグネスに会いに実際トレビゾまで行った。二人は帰国後のことまで話し合い、ミラノへ帰ってくると、アーネストは心情を打ち明ける手紙を旧友のビル・スミスに書いた。

「彼女はどうした目の狂いか、幸いにもぼくを愛しているんだ。……ぼくは帰国したら会社勤めを始めるつもりだよ。最低でも取り敢えず二人分の生活費をかせがなければならない……」(一九一八年十二月十三日付)

アグネスはイタリアも遠隔の地トレビゾまで来て、帰国の見通しもなく、ひとりわびしい日を過ごし、いっそアーネストと一緒に暮らせたらという思いに駆られ、「時々ここで結婚できたらいいと思います。けれどそれはとても馬鹿気たことで、そんなことは考えてみてもいけませんのね。……ひとりでに消えていくようにしています」(十二月一日付)と手紙に書いてみたが、高ぶる思いは消えず、アーネストとトレビゾで再会した後、打ち明ける手紙を次のように書いた。

「わたしは母に年下の男と結婚することにしていると、いってやりました。――軍医ではありませんよ。母はきっとわたしを突拍子もない気まぐれ者にして、呆れて相手にしてくださらないでしょう。わたしが移り気で気まぐれだなんて、とんでもありません。わたしの話は止めにしましょう」(十二月十三日付)

アーネストは翌一九一九年一月四日、ジェノア出帆のイタリア船ジウゼッペ・ベルディ号で帰国する予定だった。さっそくアグネスに知らせると、アグネスは動揺した。そんなに早く二人が別れ別れになろうとは思っていなかったし、思いたくもなかったのだった。折り返し返事を出した。

「あなたからのお知らせ――帰国すること――にはちょっとびっくりさせられました。

クリスマスにはミラノへ行きたいと思っていますが……」（十二月十六日付）

と書き、

「あなたがいらっしゃらないので、ますます淋しい。わたしを後に残して帰国してしまう、考えると身震いがします。万一心変わりがあったら……二人とも。わたしたちの素晴らしい世界を失ってはならないでしょう」（十二月二十日付）

と続けて書いた。

失恋のヘミングウェイ

年が明けてもいいことは起こらなかった。アグネスはクリスマスにミラノへ行けなかったばかりか、一月早々トレビゾの赤十字病院は閉鎖され、さらに東方のトーレ・ディ・モストへ派遣された。そこの赤十字病院はそれまでの施療病院を改めたもので、村落は最前線だったピアーベ川に近く、対岸一帯は砲火にさらされ、そこの村落は殆ど壊滅し、村民は飢えに苦しみ、疫病がはやり悲惨な有様だった。

赤十字病院にはイタリアの看護師が二名しかいなかったので、アグネスは多忙な毎日を送った。チフス患者の家まで二、三キロも泥道を歩き、消毒したり食事の世話までしたりした。赤十字看護師の使命に徹する喜びがひとりでに湧く一方、アーネストからはますます遠く離れ、イタリア士官のドメニコ中尉に心を惹かれた。

ドメニコ中尉はアグネスに親切だった。泥道を先に立って病家まで案内したり、オーストリア軍の士官のサーベルやピストルを記念品としてアグネスに贈ったりした。ドメニコはアグネスよりも三つ年上、比べてみると、アーネストは十九歳の若者にすぎなかった。この若者に対する恋情は、戦時下の心情の異様な昂ぶりだったのか、アグネスは初めてのように年上の女に立ち返り、落ち着いて振り返ってみたものの、心変わりの気まぐれ女とののしられても応えようがなく、

「将来のことはわたしには謎で、本当に謎をどう解いていいか分からない」（一九一九年二月三日付）

と揺れる心を手紙には書いた。

が、患者はふえ、看護師は手不足で、次には多忙な日常をぶつける手紙を書いた。

「今日お手紙の束を受け取りましたが、実際まだ全部読むことができません。そんなに度々お手紙を寄こさないでください。こんな忙しい生活をしていては、あなたには追い

付けそうもなくなります」

とはいえ「こんなに忙しく、こんなに楽しく生き生きとした人生はありません」と書き、「わたしは喫煙を覚えました。喫煙、ご存じですか。それからとても面白い賭けゲームも覚えました。……ああ、わたしはどんどんだらない人間になっていきますし、日毎にますます自堕落になっています。たったひとつ分かることは――あなたのお考えになっている何もかも欠点のない人間ではないんです」（三月四日付）

と付け加えた。

アグネスはドメニコ中尉に傾く心を押さえかねる一方、ドメニコ中尉は活動的できびきびしたアメリカ女性に魅せられ、婚約の約束まででした。そしてアグネスはアーネストに許しを乞いながらも、アーネストにとっては残酷な最後の手紙を次のように書いた。

「わたしはじき結婚するつもりなのです」（三月七日付）

この手紙はアーネストにとってはまさに青天の霹靂、絶望のどん底に突きおとされた。信じていたことの愚かしさや空しさがいっぺんに噴き上げて救いようもなく、彼は見事に裏切られていた。絶望がやがて激怒に変わると、ミラノの赤十字病院にいる年輩の看護師エルシーに宛てて、アグネスの不実を訴える手紙を書き、

「帰国して下船したら渡し板でつまずいて転び、前歯をみんなへし折ってしまえばいい

んです」

と怒りにまかせて付け加えた。

彼はすでにオーク・パークの生家に戻っていたが、傷心と憤怒のために終日部屋にこもって現われなかった。

消えない初恋の人

アグネスはアーネストを見すてたけれど、自分の身にも幸福はついに訪れなかった。ドメニコ中尉はナポリの公爵家の御曹子で、素性の分からないアメリカの女性との結婚は許されるはずもなく、転勤を命じられひとりでに離れていった。アグネスも失意の人となって、外国暮らしを寒々とかみしめ、帰国する決心をした。そして帰国する途中、南イタリアをめぐり、ローマに立ち寄り、アーネストに便りをした。

アーネストは返事をする代わりに、戦友のハウエル・ジェンキンズに次のような便りをした。

「昨日ローマからアグネス（アグネス・フォン・クロウスキー）のとても哀しい手紙がきたんだ。上司との仲がすっかりこわれてしまったのさ。精神的にも参ってしまい、ぼくに対してのかつての仕打ちの仕返しを受けたのだ、ぼくがそう感じるにちがいないというんだ。なんとも気の毒だが、ぼくには何もしてやれない。ぼくは以前彼女を愛し、そして彼女はぼくを裏切った。今はなんとも思っていない。彼女についての記憶は焼却することにして、飲酒や外の女たちを媒体にしてすっかり燃やしてしまい、今はなにもないのさ」(一九一九年六月十六日付)

なにもないどころか、アーネストはアグネスとの経緯を素材とした短編「ごく短い話」を書いた。女主人公はアグネスならぬルーズだが、ルーズはアグネスと同じように戦傷者の若者と恋に落ち、若者が帰国してからも愛の手紙を書いた。が、二人の仲はままごと遊びにすぎなかったと悟り、駐留部隊の大隊長と親しくなって結婚するつもりだった。とはいえ大隊長は返事をそらし、結婚の夢は破れ、ルーズもアグネス同様の哀しい結末を迎える。

アーネストは冷静にアグネスを突き放すように書いたけれど、アグネスの映像は美しく浮かび、滅びることのない青春の夢を培った。アグネスは夢の中に生き、のちに『武器よさらば』の女主人公キャサリン・バークレーとして新鮮によみがえった。

アグネスは夢の中に生き続け、アーネストは美しい映像を追い求めた。「キリマンジャロの雪」の一部を次に引用する。

彼はパリを後にする前に夫婦喧嘩をして、コンスタンチノープル（現イスタンブール）では、ひとりきりになってわびしかったのを考えた。ずっと女を買ってばかりいたが、それも終わって、わびしさを消すこともできず、一層ひどくなるばかりだった時、彼女に、あの最初のひと、彼から離れていったあのひとに手紙を書いていた。どうしてもわびしさを消すことができなかったこと——レジャンスの外で彼女を見たと思った時は、全くぼうっとなって心は痛み、そしてどこか彼女に似ている女のひとの後を、それが本当は彼女ではないと分かるのを恐れながら、またその時受けた感じを失うのを恐れながら、ブルヴアール沿いにつけていったこと、一緒に寝た相手は誰だろうと、彼女のいないわびしさを一層彼に感じさせるだけだったこと、彼女を愛したことから抜け出せないと分かってからは、彼女の仕打ちもいっこうに気にならないのだったことなどを述べた。

アグネスは失意の過去から脱け出し、赤十字看護師の使命に徹する後半生を送った。帰国したのち、再び海外勤務を志願してヨーロッパへ渡り、ポーランド、ルーマニアの赤十字病院に勤めた。二年後帰国すると、今度はアメリカ軍占領下のハイチに赴き、公立総合病院に勤め、一九二八年アメリカの財務顧問と結婚した。二年後に離婚して帰国しニューヨーク州のサナトリウムに勤めたが、ホテルマネジャーのウィリアム・スタンフィールドと再婚して、ヴァージニア州ヴァージニア・ビーチに住み、スタンフィールドは小さなリゾート・ホテルを経営した。

しかしアーネスト・ヘミングウェイとしてのアーネストの影は色濃く残って消えなかった。戦後寒冷な北部暮らしをあきらめ、温暖なフロリダ州キー・ウェストへ移ったことだった。アグネスはかつてワシントンで公立図書館に勤めたことがあり、その前歴によって開設したばかりの公立図書館勤めをしていたが、幸か不幸かキー・ウェストはヘミングウェイの住んでいた土地だった。今はヘミングウェイはハバナへ移って会うこともなかったにしても、一九六三年旧邸宅が一般に公開されると、アグネスは『武器よさらば』の女主人公キャサリン・バークレーのモデルと見られ、観光ガイドはさかんに吹聴した。平穏な身辺が騒がしくなるのをきらい、夫とともにフロリダ州東岸の保養地ガルフポートへ転居した。

とはいえ『武器よさらば』の名声に伴い、アグネスをキャサリン・バークレーのモデルとする世上の興味は消えず、しばしば研究者や文学愛好者の質問に答えなければならなかった。そして彼女もまた青春の夢を呼び戻し、夢の中に生きた若き日の熱情にあふれた自分と向き合ったにちがいない。最晩年はむしろ平穏で、九十二歳の高齢を保ち、一九八四年十一月二十五日死去した。

年上の女

母親と息子

アーネストは戦争から生地のオーク・パークへ帰還したけれど、戦争の記憶は容易に消えなかった。夜は砲弾の炸裂する悪夢におびえ明りがないと落ち着いて眠れなかった。そんな不安な夜のことを、短編「今こそ寝られる」で次のように述べた。

暗闇の中で眼をつぶったまま横になっていると、魂が体から脱け出していくのをずっと前から知っていたので、わたしは眠りたい気がしなかった。夜、砲弾に吹きとばされ、魂が脱け出してどこかへいってしまい、それから戻ってきたのを感じてからは長い間そんなふうだった。夜になって、眠りに落ちようとすると、途端にそんなことが始まり、余程の努力をしないと押さえきれなかった。

不安な夜に加え、アグネスとの初恋に破れた傷心は癒えず、オーク・パークは生地とはいえ空虚な町だった。短編「兵士の家」には虚脱したアーネストの姿が描かれている。主人公の帰還兵クレブズはアーネストの分身といっていい。彼は家の表のヴェランダに坐り、通りの反対側を歩いていく娘たちを眺めるのは好きだったが、娘たちのいる世界と自分のいる世界は全く異なっているのを感じるばかりだった。誰かひとり女の子を欲しいと思わないではなかったが、もはや彼にとってつまらない無価値なことだった。傷心を癒やすものではなく、初恋に破れた痛恨のみ残り、「ぼくは誰も愛することなんかしませんよ」と母親に向かって口走り、神さまへお祈りしなさいと促されても、お祈りはついにしなかった。

幸い脚部の負傷は快方に向かい、杖もつかずに歩けるようになった。夏には、ミシガン州北部のワルーン湖畔にある一家のサマーハウスに赴き、魚を釣り、野鳥を撃った。付近にインディアンの住む原始的な自然環境の中で、純粋に素朴に生きたかつての自分を取り戻そうとするのだったが、魚釣りも野鳥撃ちも、野外運動の大好きな父親ゆずりの習性だった。後に彼は、「魚釣りと狩猟は彼自身衰えたことのない情熱であり、それを教えてくれた父親に感謝している」(「父親たちと息子たち」)と述べ、その父親は遠目がよく利き、湖の対岸の丘に遊ぶ羊の数をいいあて、野鳥撃ちの名人だった。

彼は自然と一体となるかつての自我を求め、ミシガン半島の突端部から対岸の北ミシガン半島へ渡っての魚釣り旅行を試みた。この旅行の有様が短編「大きな二つの心臓の川」において躍動的な新鮮な筆致で描かれている。

主人公のニック(アーネストの分身)が、シニーの町で汽車を降りると、町は前年火災にあって一面焼野原だった。それは砲撃を受けて荒廃した前線の町に似ていた。彼は悪夢のような焼け跡から逃れるように通りすぎるが、途中でとらえたバッタはどれも焼け焦げたように黒かった。多分焼野原に長くいたので、焼土の色に染まってしまったのだろう。それは災禍を受けた生き物だった。彼は自分の運命を重ねて考え、「どこかへ飛んでいけ」と祈るようにいい、バッタを空中にほうり投げた。そして「考える必要、書く必要、そのほかいろいろな必要」のすべてを背後に置き去りにするようにして、山腹を登り、ますのいる上流の川の方へ進んだ。

その日も、次の日もます釣りに熱中し、夜は大地と一体となり、キャンプをして野営した。そしてむかしのまま純粋に生きる自我を失っていないことに満足感を抱いた。

しかし現実へと戻らなければならなかった。

秋になって猟期が過ぎ、入江に臨んだ中心地ペトスキーへ移った。民宿暮らしをして短編の習作にはげんだものの、いずれもスケッチふうで物にならず、傷害保険金も底をついた。折も折、町の婦人会で戦争話をしたのがきっかけとなって、出席していたウルワース・チェーンストアのトロント支店長夫人に誘われ、トロントへ行った。

アーネストはコナブル支店長宅に翌一九二〇年一月から五月まで、病弱な長男の遊び相手になって寄食した。その間に週間誌『トロント・スター・ウィークリー』に読物記事を書き、稿料百五十ドルを得た。

コナブル家との契約の切れた夏の初め、ワルーン湖畔に戻り、遊び仲間と魚を釣り、森の中をほっつき歩いた。避暑にきた母親のグレースは、遊び惚ける息子を見て腹を立てた。定職にもつかず、息子は小遣銭をせびっては遊び暮らしていた。そんなぐうたら三昧には我慢がならず、絶縁状を突きつけて家から追い出した。一人前の大人になって戻ってくればいい。

アーネストは「糞ばばあ」と内心悪態をついて家からとび出し、しばらく対岸のホートン・ベイの集落で民宿暮らしをした後、シカゴへ行った。そして母親のいるサマーハウスには戻らなかった。

母親の非情な仕打ちもさることながら、気丈夫で高圧的な母親に対してアーネストは嫌悪感を抱き、終生嫌悪感は消えなかった。

母のグレースは音楽の素養に加え自立心も強く、若い頃はオペラ歌手を志し、ニューヨークまで行ってレッスンを受け、ステージに立ったこともあった。が、弱視のため照明がまぶしくて耐えきれず、帰郷して結婚すると、新居で音楽教室を開く一方、教会の聖歌隊の指揮を取った。高校へ入ったアーネストにチェロを習わせたが、アーネストは習うどころか、逃げ出してシカゴのジムへ行き、ボクシングの練習をした。

母親はまた家事一切を采配していた。それまで住んでいた祖父の家（それはアーネストの生家でもあった）から同地区の新居へ移ったときも、新居の設計までひとりでやった。がらくた物は倉庫から取り出し、みんな燃してしまった。その中には、父が野外で収集した先住民の石斧や石のナイフや矢尻、それに陶器などがあった。みんながらくたになって灰だらけのまま原形をとどめず、父を落胆させた。

母はわがままいっぱいで父は抗しきれず、そんな父を『誰がために鐘は鳴る』で「臆病者」呼ばわりしたが、母のわがままを許しているわけではなかった。

短編「医者と医者の妻」では、母親は気性が強く、世の中の邪悪を信ぜず、独善的なクリスチャンサイエンス信者として描かれた。医者の妻であるこの母親は頭痛病みで、終日薄暗い自室に閉じこもってめったに現われない。湖水の流木や医療のことで、木挽き人夫といい争う夫のヘンリーを非難し、ヘンリーは気性の強い妻を避け、野外に出てくると、主人公のニックは、母が呼んでも母の許へは行かず、父を誘い、黒りすの居場所を探すので、先に立って森の中へ入って行く。

母親のグレースは、一九五一年六月二十八日、七十九歳で老衰死したが、当時ハバナにいたアーネストは母の葬儀にも参列しなかった。

愛の交信

シカゴへ出てきたアーネストの前に初めて広い世間が広がった。彼はイタリア前線で戦友だったビル・ホーンのアパートへ転がり込んだ。ビル・ホーンはセールスマンで出張が多く、留守にすることも多かった。同居してコピーライターの仕事をしながら、アメリカ協同組合の機関誌編集の仕事にありついた。週給四十ドルを得たのを幸い、ビルの義兄Y・K・スミスの経営する同じ北地区のアパートへ移った。

シカゴはアーネストにとって、またひとつの運命の地だった。それは外でもなく、Y・K・スミスのアパートへ移る前、同アパートのパーティーに招かれ、中西部のセント・ルイスからやってきた女性のハドレー・リチャードソンに出会ったことだ。ハドレーの赤味がかったブロンドはよく目立ったが、何よりもアグネスとちがった理知的な顔立ちに加え、控え目で落ち着いた容姿がアーネストの心をとらえ、傷心がひとりでに癒えるようなふしぎな予感がして、彼はハドレーのそばを離れなかった。

ハドレー・リチャードソンは中西部のセント・ルイスに住み、同市のメリー専門学校へ通っていた頃の女友達で、Y・K・スミスの妹のケイトに誘われ、シカゴへやってきたのだった。

ハドレーはメリー専門学校からペンシルヴェニア州の名門校ブリン・モア女子大学へ進んだ。病気がちだったため中退して帰郷すると、ピアノの練習に打ち込んだ。が、身の上は不幸で、製薬会社を経営していた父は、株投機に失敗し、ハドレーが十二歳のときピストルで自殺した。母は老齢に加えて腎臓病を患い、九か月余り病床にあったが夏の終わりに死去した。ハドレーは母の看病から解放されたものの、孤独なわびしい日を重ねた。病弱だったことや長患いの母の看病などで婚期を逸し、いつの間にか三十に近い年齢になっていた。折も折旧友のケイトから誘いの手紙をもらい、喜んでシカゴへやってきた。

パーティーはひとつの喜びであり驚きでもあった。アパートの止宿人はマス・メディア関係者が多く、集まった若い連中は仇名で呼び合い、勝手気ままに談笑した。自由で活発な、気取りを忘れたそんな若者を見たことがなく、ハドレーは戸惑った。が、ケイトからピアニストといって紹介されると、片側のピアノでラヴェルの練習曲を弾奏した。そしてアーネストはまっ先に拍手してハドレーの前に立つのだった。

アーネストはハドレーのそばを離れず、陽気に話しかけ、愉快にしゃべり続けると、さまざまな自分の人生が躍っていた。ミシガンの湖水地方での魚釣りの日日、カンザス・シティーでの新聞社勤め、一転してイタリアとミラノのなつかしい風景。――なつかしいどころか、前線で砲弾は炸裂し、アーネストは重傷を負った。

ヘミングウェイと最初の妻ハドレー。
(A. E. ホッチナー『ヘミングウェイとその世界』より)

ハドレーは驚いたふうに目の前の青年を眺めた。戦火をくぐり抜けた勇敢な人間に出会ったことはないのだった。おまけに活力にみち、愉快なおしゃべりを続けていた。

ハドレーは三週間滞在した。アーネストは毎日のように誘って街を歩き、ハドレーは寄り添うようにして浮き立ち、陰鬱なそれまでの日日を忘れていた。青年は力強かったばかりでなく、ふしぎな才能にめぐまれているのにも感嘆するのだった。アーネストは書き上げたばかりの短編を読み、簡潔で率直な文章が新鮮で爽やかだった。短編は躍動感にあふれて素晴らしく、ハドレーは、

「どんどんお書きになって」

といい、はげます口調に熱が入った。

ハドレーは作家を志すアーネストの人生の中へ、いつの間にか入り込んでいた。が、二人の間の年齢のひらきは大きかった。婚期を逸したハドレーは二十九歳、アーネストは二十一歳で、年齢のひらきは、アグネスの場合よりもさらに一歳多かった。年上のアグネスとの初恋に破れた記憶は生生しく、アーネストはセント・ルイスへ帰るハドレーを追いかけ、年齢を打ち明ける手紙を書いた。ハドレーは青年からの手紙をもらい、興奮した。揚句次のような返事を書いた。

「あなたが年下でわたしが年上だなんて、そんな素振りをしたことはいつなんどきでもございませんよ、したことございましょうか。そんな気にはさらさらなれません、なれるなんてお考えくださらないで。あなたは博識なお方で、経験も理解も到底わたしの及

ぶところではないように思います」（一九二〇年十一月下旬）

ハドレーは落ち着かず、電報を打ってシカゴに現われ、二人はみつけた愛情を失うのを恐れるふうに連れ立って街を歩いた。ハドレーは帰ると、クリスマスか新年にセント・ルイスにくるようにと誘いの手紙を出したが、アーネストは旅費の余裕がなく行けなかった。しかし翌年の秋二人が結婚するまでの十一か月ばかりの間、二人が出会ったのは前後六回にすぎなかったものの、空白を埋める交信の数はふえるばかりだった。アーネストの熱情は驚くばかりで、多いときは一日に三度も書き、ハドレーはまたアーネストに会えないわびしさを払いのけ、熱心に返事を書いた。

イタリアに対するアーネストの郷愁は強かった。凡俗なアメリカの社会を離れ、芸術と美術の国に舞い戻り、高雅な精神にふれ、さらに意欲的な執筆活動を試みたいのだった。彼の週給は五十ドルに上がったけれど、切りつめた生活を送り、残りはすべてリラ貨に換え、イタリア行きの熱意を昂ぶらせていた。

とはいえクリスマスにも新年にも行かなかったセント・ルイスとハドレーを失念するわけにはいかず、一月二月と給料をため、三月初め、セント・ルイス行きの予定を速達便で知らせた。速達便は三度も続けて届き、ハドレーは狂喜して次のような手紙を書いた。

「とてもとても大喜び、うれしくて楽しくて浮かれ、みんなたちまちごちゃごちゃになりました。……外のことは何もかも吹っとび、いっこう気にもなりません」(一九二一年三月七日付)

三月十一日アーネストはセント・ルイスに赴き、姉夫婦と一緒に暮らしているハドレーを訪ねた。ハドレーは喜んで週末を過ごしたが、アーネストがシカゴへ帰ると、空虚な気分がハドレーを襲った。アーネストは帰ったまま、もう現われない。そんな不安が募り、ハドレーはアーネストを追ってシカゴへ行き、アーネストを驚かせた。アーネストはハドレーを伴ってオーク・パークへ行き、ハドレーを両親に引き合わせた。彼は秋に結婚してイタリアへ行く心組みをハドレーに伝え、ハドレーは同意する心情を手紙に書いていた。

「わたしたちは同一体であること――ねえ、そうですとも、わたしは誰かをこんなに愛したことはありませんでした。……あなたのためにわたしは最善のものになりたいと思

っていますし、あなたの欲しがることはなんでもぎりぎりにするつもりです」（一九二〇年十二月十七日付）

さらに、「あなたと一緒に森の中を歩いていたいですね。とてもやわらかな深い緑。……わたしたちを結びつけているたったひとつのものは、わたしたちの愛だけだったでしょう、そんなふうになれると思いませんか」（一九二一年一月）と書き、『カンタベリー物語』のように、アーネストは勇敢でやさしい騎士となって、森の中の美女をさまざまな怪物から救うのだった。

ハドレーは過去を寒々と回想していた。ピアノの練習に打ち込んだのはいいにしても、広い外界を知らず、むざむざ青春の日日をつぶし、いつの間にか年を重ねていた。アーネストはそんな眠れる森の美女の眠りをさましてくれる騎士で、彼女は必死にすがり、失った喜びを甦らせなければならないのだった。再び手紙に書いた。

「イタリアでは、執筆の後ろ楯になるのは愛と平和しかないでしょう。あなたの内面で泡立ちのた打って荒れ狂う創造の塊りは消滅することはなく、理想的な機会がないにしても、しばしば爆発し、そうですとも、素晴らしく大きな海の微風のようにお書きにな

れますとも（日付不詳）

イタリアでの貧乏暮らしは目に見えていたが、アーネストは『トロント・スター・ウィークリー』へ現地通信を送って生活費に充てる一方、ハドレーには祖父の遺産の信託預金から年間二千五百ドルの配当金があった。彼女は配当金で生活のやりくりをする段取りまで考えた。

アーネストは結婚式の打ち合わせをするので、五月下旬セント・ルイスへ行った。日取りは九月三日の土曜日、場所は一家のサマーハウスのあるワルーン湖の対岸の小村落ホートン・ベイ、そこにはメソジストの教会がある。ハドレーは一も二もなく賛成した。口やかましい姉夫婦や小うるさい周辺からさっさと逃れるのだった。七月二十一日のアーネストの誕生日にはコロナのタイプライターを贈り、八月に入って炎暑を避け、ウィスコンシン州の湖水地帯にあるリゾート地に赴く途中、シカゴに立ち寄った。

それは楽しい一日だった。二人は腕を組んで街を歩き、夜は炎暑を避けてアパートの屋上へ上がり、接吻を繰り返し愛撫し合った。ハドレーは昂奮した揚句、翌朝、止宿したホテルのフロントに預けた貴重品を受け取るのを忘れ、停車場へ行く途中からあわてて引き返した。そしてリゾート地へ着くと、さっそく次のような便りを認めた。

「シカゴではあんな素晴らしい時間を過ごしました。霧と花火の夜、物静かな星の夜、周りには燈火の明るい摩天楼の熱っぽい都会……」(八月七日付)

アーネストは呼応して短詩を書いた。

夜はあなたと横になった
そして眺めた
渦巻き回る都会を

(シカゴ、一九二〇年—一九二一年)

二人は一九二一年九月三日、ホートン・ベイの小さな教会で結婚した。ワルーン湖畔のサマーハウスで蜜月の二週間余りを過ごし、シカゴに戻って古アパート暮らしを始めた。生活費を切りつめ、イタリアへの渡航費をつくるつもりだった。折悪しくアメリカ協同消費組合の不正経費が発覚し、機関誌は廃刊に追い込まれそうなので、先を見越してアーネストはやめ、コピーライターの仕事で食いつないだ。

が、その秋にはイタリアの政府から武勲銀章を授与され、五十リラの年金がついて活気づいた。一方、妻のハドレーも好運にめぐまれ、その秋死去した叔父の遺産八千ドルを受け取った。アーネストは喜んでイタリアへの渡航の段取りを考えたものの、イタリア行きは突然中止となった。それは外でもなく、先輩作家シャーウッド・アンダソンの助言によってのことだった。

シャーウッド・アンダソンはベストセラー『オハイオ州ワインズバーグ』で文名が高かった。Y・K・スミスは広告社も経営してアンダソンとは面識があり、アンダソンはアパートへもやってきた。アーネストは短編の習作をアンダソンに見せたことがあり、ミシガン北部の森や湖を背景にした作品は、キプリングふうのローカルカラーがあって、スケッチふうながら面白かった。その年の五月、アンダソンはパリに遊び、芸術家の集まる芸術的なパリの雰囲気に浸ってきた。文学交遊も活発で、パリは文学修業の場としては持ってこいだった。おまけに戦後のドル景気で、パリ生活は安くついた。

パリ行きをすすめられ、アーネストの野望もふくれた。胸を躍らせて「パリへ行きましょう」とアンダソンに応え、パリ在住の大先輩で女流作家のガートルード・スタイン、詩人のエズラ・パウンドその他パリ在住の有力者に宛てた紹介状をもらった。

ハドレーは突然の変更に戸惑ったけれど、文化の中心地パリはあこがれの都だった。あこがれが現実のものとなる幸福感さえ抱き、夫の決心に従った。
二人は、十二月八日ニューヨーク出帆の古客船レオポルディナ号に乗船してパリに向かった。

愛の終わり

翌年の一月パリに着いて、パリでは労働者の多い第五区のカルディナル・ルモアンヌ通り七十四番地にある安アパートを見つけ、四階に住んだ。芸術の街へ来て、アーネストは浮き立つ気分を押さえかねるのか、両親に宛ててさっそく次のような便りをした。

アパートはこれまでにないうれしい場所です。家具付きで月二百五十フラン（約十八ドル）で借りました。ハドレーにはピアノがあり、壁にはわたしたちの写真を掲げ、暖炉、台所、食堂、大きなベッド、化粧室があり、ゆったりしています。パリの旧市街でも一番古い地区の丘の上にあり、ラテン区でも一番素敵な場所です」（一九二二年一月十五日付）

実際にピアノはなく、台所はせまく、化粧室とはいえ水道はなかった。おまけに共同便所が各階にある粗末なアパートだった。一帯は労働者など低所得者の住んでいる地区で、アーネストは生来の誇張癖が手伝い、あるいは両親を安堵させるためだったのか、まことしやかな作り話をしてパリ暮らしの優越感を楽しもうとした気味がある。

しかしパリ暮らしの第一歩を踏み出した、初めてのパリの地区に対する愛着は長く残り、「キリマンジャロの雪」で次のように述べた。

アパートからは薪炭商の店が見えるだけだった。その店ではぶどう酒も売っていたが、ひどいぶどう酒だった。馬肉屋の店先にある金色に塗った馬の頭。開いた窓の中には、黄金色と赤の交じった馬肉がぶら下がっていた。それに緑色のペンキ塗りの協同組合、そこでみんなぶどう酒を買ったが、上等のぶどう酒で安かった。あとは漆喰の壁と隣近所の窓だけだった。……カフェ・デ・ザマトゥールに立ちこめていた、きたならしい汗と酔っぱらいの匂い。それに自分たちの住居の階下に当たるバル・ミュゼットにいた淫売婦たち。……

カルディナル・ルワンヌ通りは急坂の道で、アパートはたしかに丘の上にあった。丘の上はコントルスカルプ広場となって、『移動祝祭日』はその広場の叙景から次のように始まっている。

風は終点に止まっている大きな緑色のバスに雨を叩きつけていた。カフェ・デ・ザマトゥールは客でいっぱい、内側の熱や煙のために窓はすっかり曇っていた。それはその界隈の酔っぱらいが寄り集まってくる、もの哀しい、経営の思わしくないカフェで、汚れた体の匂いや酔っぱらいのすっぱい匂いのせいで、わたしはそこには近寄らなかった。……女の酔っぱらいはポワヴロットと呼ばれ、それは女の飲んだくれという意味だった。

隣の建物の階下にあるダンスホールからアコーデオンやドラムの音が小うるさく響くので、反対側のムフタール通りにある安ホテルの屋根裏部屋を借り、そこを仕事部屋にした。アーネストは仕事部屋にこもって、「真実の一つの文章」を見つけるのに苦心しながら短編の草稿を書いた。

とはいえ妻のハドレーとよく出歩き、スポーツ新聞を買ってはボクシングの試合を観戦し、競馬場へ行っては馬券を買い、いくらかもうけて小遣銭の足しにした。ハドレーは夫とかつてない世界に足を踏み入れ、毎日が新しく、陰鬱だったかつての日日は消え失せていた。

アーネストは青春の活力にみち、『トロント・スター』紙への通信記事をせっせと書いて生活費をかせぎ、一月と五月にはスイスへ行ってスキーを楽しんだ。ジュネーヴ湖畔のモントルー背後の山村シャンビーの民宿ともなじみになって何日も滞在した。そこはアーネストにとって、ハドレーと二人だけで暮らした思い出の地ともなって、後に『武器よさらば』における、スイスの山間部での主人公フレデリック・ヘンリーと女主人公キャサリン・バークレーの愛の風景の描写を促した。ヘンリーはキャサリンと戦争から離脱し、湖水を突っ切ってスイスへ逃れ、初めて二人だけの幸福な民宿暮らしを始めるのだった。とりわけ幸福をつかんだ女の情感が、作者特有の会話体の文章によって読者に迫ってくる。一部を次に引用する。


「きみの髪の毛、切らせたくないね」

「面白くてよ、髪の毛にあきちゃったの。夜、ベッドの中でとてもうるさいの」

「ぼくは好きだよ」

「短いの、気に入らないの？」

「入るかもしれない。今のままで好きだね」

「短ければ素敵かもしれなくてよ。そうなると、わたしたち二人とも同じみたいになるのよ。ああ、あなたが欲しいの、わたしあなたになりたいの」

「なってるよ。ぼくたちは同じものさ」

「分かってるわ。夜は、そうね」

「夜って、すばらしい」

「あたしたち、すっかり交じり合ってしまいたいわ。あなた、出かけていってもらいたくないの、そういったばかりでしょ。あなた、お行きになりたけりゃ、お行きになりなさいな。でも、すぐ急いで戻って来てね。ああ、あなた、あなたと一緒にいないときは、まるっきりわたし生きている気がしないのよ」


パリは躍動する青春の街であり、まさに「移動祝祭日」の趣があって、二人とも自由と解放の喜びの日を過ごした。が、アーネストはイタリアへの郷愁は忘れなかった。五月にシャンビーの山村に滞在中、かつてミラノで親交した英国の歩兵少佐ドーマン・スミスが休暇で現われたのを幸い、三人はサン・ベルナール峠を越え、イタリアに向かった。汽車でローヌ川沿いに進み、途中から峠道の登りにかかったが、峠道は雪が多く難渋した。ハドレーの靴は破れ、アーネストに背負われて峠を越え、やっとアオスタの谷へ下りた。

北イタリアには忘れ得ない都市のミラノがあった。が、マンツォーニ街には赤十字病院もなく、アグネスもいなかった。ドーマン・スミスと別れ、アーネストはハドレーの案内役になって東進した。ヴェニスに向かい、途中から戦場だったピアーベ河岸の村落フォッサルタまで行った。戦争は跡形もなく、塹壕は雑草に埋まり、空虚な風景の中に立ちながら惨劇の場をハドレーに教えた。そして今はかつての自分もそこにはなく、妻を促して引き返した。

アーネストは今は『トロント・スター』紙の特派員として積極的に取材活動を始めていた。四月にはジェノアのヨーロッパ経済会議に出向き、八月には国境の町ストラスブールまで複葉機に乗っての空の旅を試み、ドイツに入って黒森地方を歩いた。ドイツのインフレ事情は深刻だったにしても、同行したハドレーは夫にならい、ます釣りまでやって楽しんだ。が、同月にはギリシア・トルコ戦争が勃発した。本社からの要請とはいえ、現地のコンスタンティノープル（現イスタンブール）に向かい、単身とび出していこうとする夫を、ハドレーは懸命に制止した。ひとり取り残されるわびしさに加え、命を落としかねない戦争は恐怖だった。夫の身を案じる妻といさかい、追いすがるのを振り切ってアーネストは現地に向かったが、現地のコンスタンティノープルの町をひとりさまよい、妻とのいさかいを後悔した。それは前述した「キリマンジャロの雪」で述懐している通りだった。一か月後、アーネストは無事にパリへ帰り、ハドレーは初めて幸福な気分を取り戻した。が、幸福はいつまでも続かなかった。リヨン駅でのスーツケースの盗難事件が発生したことだ。

アーネストは十一月中旬、ギリシア・トルコ戦争の平和会議取材のため、ローザンヌにいた。ハドレーは風邪を引いて同行できず、十二月に入ると間もなく、夫から電報がきて急いで旅装を整えた。リヨン駅で夜行に乗り、発車前プラットホームに出、同じくローザンヌに向かう特派記者に会い、寝台車に戻ると、トランクのそばに置いたスーツケースが見当たらなかった。外の個室を探したが見当たらず、盗《と》られたと分かって色を失った。スーツケースにはアーネストの原稿が入っていた。いくつかの短編と長編の一部、それに詩作品もあった。夫の執筆の都合を考えて持参したのだった。終夜まんじりともせず、翌朝ローザンヌに着き、出迎えた夫にしがみついて、泣きじゃくった。

アーネストは事情が分かって、絶句した。妻をなだめながら、パリ行きの列車にとび乗り、自宅のアパートへ急行した。アパートに戻って探したが、タイプ原稿のカーボン用紙は見当たらず、原稿は全部失われていた。それを聞いて、ガートルード・スタインは、「書き直せばもっといいものができる」といったけれど、心血を注いだはずのものは戻ってこなかった。自分そのものが失われたようで、妻の不注意と不用意は許せなかった。終生許せなかったにちがいなく、アーネストは時に「ハドレーの大馬鹿者！」と口に出していい、かつての愛の交信も遠く消え失せる結果となった。

クリスマス前、なじみの山村シャンビーに赴き、滞在中執筆にはげみ、年が明けて二月に北イタリアに入った。イタリアはいつも忘れ得ぬ土地だった。ジェノアに近い避寒地ラパロ（エズラ・パウンドがいた）に滞在した後、再びハドレーの案内役になって東進すると、前回と同じピアーベ川に沿い、上流の町コルティナ・ダンペッツオまで行った。滞在中本社からの電報の要請で、アーネストはいったんパリに出、ルール地方の現地取材に赴いた。ルール地方はライン川流域の炭田地帯ながら、戦敗国ドイツは賠償金が払えず、フランスとベルギーが出兵して騒然としていた。

山の町に残ったハドレーはピアノ練習の仲間ができて日を過ごし、アーネストは半月余り経って帰ってきたけれど、重苦しい気分から逃れられなかった。それは妻が妊娠していたことで、家族がひとりふえる喜びはわかず、一変する生活の不安と苦難が胸元をよぎって消えなかった。そんな苦渋にみちたアーネストの様子がガートルード・スタイン『アリス・B・トクラス自伝』で次のように述べられている。

彼（ヘミングウェイ）は妻と旅行に出かけた。帰ると間もなく、ヘミングウェイはひとり現われた。彼は朝の十時頃家へやって来て、居続けた。昼食にも居続け、午後もずっと居続け、夕食にも居続け、夜の十時頃まで居続け、やがて突然口を開き、妻が妊娠しているのだといい、それからさもうらめし気に、ぼくは、ぼくはこんな若さでとても父親になれるはずもないといった。わたしたちはできるだけなぐさめて、彼を帰らせた。

ハドレーの妊娠は、文学一途に進んできたアーネストにとって、一種衝撃的なものだった。目立った文学活動をしているわけではなく、突然子供を持って家計は圧迫され、生活苦は目に見えていた。が、それだけではなかった。自身の自由は阻害され束縛され、文学活動は一頓挫を来たすかもしれない。彼はそれをおそれた。彼は年が若すぎ、父親となって一家を支える自信がないといいたげだが、自身の文学活動を阻害し、余計な負担となる子供は持ちたくないのだった。一変する家庭環境に対する漠然とした危惧の念と非情なエゴイズムが交錯して、アーネストの心はゆれていた。

この時期のアーネストとハドレーの夫婦の不和を主題とする興味深い作品が二つある。それは「雨の中の猫」と「季節はずれ」の二短編だ。さらに注目したいのは、ヘミングウェイのいわゆる「氷山説」による手法の典形的な例証として、作品が提示してあることだ。

「氷山説」とは、

「氷山の運動の尊厳さはじつにその八分の一だけが水面上に浮かんでいるためである」

(『午後の死』)


そして氷山は底深い意味を常に蓄えているのだった。

今述べた二短編にしても、若い夫婦の違和感や感情の起伏をスケッチふうに描写し、それにまちがいはなく、物語ふうな展開に興味をそそられ、作者の意図する真の意味をつかみかねる危うさがある。

ヘミングウェイ自身は、作家の厳正な態度を失わず、暗喩や象徴を用い、夫と妻の不和をリアルに描いた。

作品自体はどうなのか。

「雨の中の猫」の背景はラパロ。アーネストは妻のハドレーと北イタリア旅行に赴き、ラパロに滞在した。作品はそのときの一情景である。

ハドレーはすでに妊娠していた。彼女にすれば落ち着かない旅の暮らしを切り上げ、生まれる子を愛撫しながらの幸福な家庭生活にあこがれた。そんな女らしい妻の喜びには無関心のままにアーネストは旅を続けた。そこにはエゴイスティックな夫の姿もある。

作品に登場するのは若い夫婦だが、女主人公である妻は多分にハドレーの分身だろう。ホテルの外のゲーム台の下には、子猫が雨をさけてうずくまっている。哀れな子猫を助け、連れてくるので、妻は二階の部屋から外へ出てみるが、子猫はいなかった。部屋に戻ると、彼女は満たされない欲求をぶちまけるようにしゃべるのだった。その描写は次のようだ。

「膝の上に坐って、なでてやるとるるるって咽喉を鳴らす子猫が欲しいのよ」
「えっ？」と夫のジョージがベッドからいった。
「それに自分の家の銀の食器で食事をしたいし、ろうそくも欲しいわ。そして今が春なら、鏡の前で髪にブラッシをかけたいわ。そして子猫が欲しいし、なにか新しい服も欲しい」

妻はしゃべり続けた揚句、「子猫が欲しい、子猫が欲しい、今猫が欲しいのよ」と繰り返し、夫のジョージは無関心のままベッドで本を読み続けた。ホテルのメイドは気をきかして、大きな三毛猫を持ってくるが、彼女にとってはそれは無用で縁のない生きものにすぎなかった。可愛い子猫は生まれてくる愛児そのもののイメージだった。

「季節はずれ」では夫婦の不和が始まり、不和の原因として堕胎の問題が浮上すると、幸福の所在に対する夫婦の思惑は食い違い、二人の間の溝は埋まりそうもない。

背景は山の町のコルティナ・ダンペッツォで、そこもアーネストが妻と北イタリア旅行中に滞在した土地であり、アーネストは妊娠している妻に中絶話を持ちかけ、妻は反発した。そんなふうに推察される会話が、作品では次のように続く。

「気を悪くしてすまなかったよ、きみ」と彼はいった。「お昼にあんな言い方をしてすまなかった。ぼくたちは同じことを違う角度からいっていたのさ」

「どっちだって同じことよ」

「どっちだっていいわ」と彼女はいった。

「きみ、寒くないかい」と彼はきいた。「もう一枚セーターを着てくりゃよかった」

「三枚もセーター着ているわ」

妻は素っ気なく答える。

夫はそれまでと変わりなく妻と二人だけの幸福な愛の生活を求めて、一方的にエゴイスティックになる反面、妻の幸福は生まれる子供と一体となる女の喜びなのにちがいない。

作品に登場するのは、釣りの好きな若い紳士とその妻、さらに酔っぱらいのイタリアの釣り場案内人だが、すでに釣りのシーズンは終わり、釣りは禁止されていたが、釣り場案内人は飲み代《しろ》かせぎの魂胆もあって、若い紳士を釣り場へみちびいていく。妻は釣り竿を持って同行しながら、違法行為に反発して途中から引き返した。中絶話も違法なことで彼女はそれにも反発していた。

幸か不幸か、テグスにつける鉛を忘れて釣りはできず、若い紳士は釣りをあきらめ、違法な行為はしないですみ、妻に屈服した結果となる。物語は釣りの話を中心に、スケッチふうに進行するので、この短編でも肝心な問題点をつかみそこねる。

ハドレーは二度妊娠していた。そんな事情を推察させるもうひとつの短編に「白い象のような丘」がある。作中人物の男は、
「ほんとに簡単な手術なんだ……きみだって気にしちゃいないだろ、ほんとになんでもないんだ、ただ空気を入れるだけさ」
と女にいって堕胎を強い、女は明らかに妊娠していた。

短編の背景は、スペイン東部、エブロ川の谷にある接続駅で、バルセロナからマドリードに向かう列車を待っている間の男女の会話が主体だが、限られた時間で二人の思惑が交

錯する緊迫感がある。会話の一部を次に引用する。

「何もかも二人のものにできたのに、身重になって毎日毎日そうはいかなくなっているんだわ」と女はいった。

「なんていったんだい」

「何もかも二人のものにできたっていったのよ」

「何もかも二人のものにできるさ」

「いいえ、できないのよ」

「二人でどこへでもいけるさ」

「いいえ、もう駄目よ、何もかも二人だけのものじゃないし」

「二人だけのものだよ」

「いいえ、そうじゃないのよ。それに一旦奪い取られたら、もう絶対に取り戻せないのよ」

女の心は乱れ、「どうか、どうか」と何度も繰り返し、「おしゃべりをやめて」と強い口調でいった。

谷の向こうには白い象のような丘がそびえていた。象の皮膚のように白い山肌は、生まれてくる子供の皮膚の色に似ていると思い、女はその美しい自然を眺めて立っていた。

この作品は前作と同じように、幸福の所在を求めていい争う男女の会話を主体としているので、表面に堕胎の言葉は見当たらず、いさかいの原因をやはりとらえかねるとはいえ、原因である重要な問題点は、表面下に、あるいは事象の背後に厳然とあることを感知しないわけにいかない。この短編もスケッチふうで一見単純に見えるが、象徴を主題としたふくざつな意味を秘めている。

それはさておき、この作品の男女の姿は、アーネストと二度妊娠したハドレーとのある時の一情景を示しているのにちがいない。


さもあらばあれ、興味深い短編の解明から離れて本題に戻ると、アーネストはガートルード・スタインに苦悩の心情を吐露したけれど、気力は衰えず、妊娠して体調をくずした妻をパリに残し、取材の範囲をさらに広げてスペインに赴いた。アンダルシア地方まで行って各地の闘牛を見て回り、次には妻と一緒に、七月六日から一週間続くパンプローナのサン・フェルミン祭見物に出かけた。祭りには各地から名闘牛士が集まり、連日闘牛が行われる。

「闘牛は悲劇」と後に『トロント・スター・ウィークリー』（一九二三年十月二十日号）に

現地報告の記事を載せたが、雄牛の角に突かれた闘牛士は重傷を負い、死んでいく。十六回闘牛を見た中、無傷だったのは二回きりだった。

が、サン・フェルミン祭には名闘牛士が登場して雄牛とたたかい、見事な演技を見せた。そこには悲劇を越え、生と死を賭し、危険を物ともしない勇敢な行為があった。観客は「オレイ、オレイ」と喚声を上げ、アーネストは感動した。のみならず、かつて生死の境をさまよって生きのびた戦場を想起して昂奮した。彼は生まれてくるのは男の子と信じ、名闘牛士のように勇敢で素敵な人間になるのを望み、そんな願望からも妻を伴ってきた。が、猛牛が肩先に剣を突きさされ、血を噴いて倒れた瞬間、ハドレーは顔をそむけた。

子供のこととなると、出産の予定日があと二か月足らずに迫っていた。ハドレーは言葉のうまく通じないパリでの出産を不安に思い、帰国したがった。アーネストは賛成しないわけにいかず、いったんトロントに戻る決心をするが、子を持って、ハドレーと二人だけの生活が終わり、一変する家庭生活を予測し、喜びと不安の交じるアーネストを描いた短編に「国境の雪」がある。

短編の主人公のニックは、友人のジョージとスイスの雪山のスロープをスキーで滑り降り、村落に至って居酒屋へ入り、ぶどう酒を飲みながら、ニックの身辺にふれての帰国話を始める。ヘミングウェイ特有の会話体の文章が次のように続く。

「ヘレンは赤ん坊が生まれるのかい」とジョージがいった。

「うん」

「いつ」

「来年の夏の終わりごろ」

「うれしいかい」

「うん、今はね」


たしかに今はうれしいが、明日は家族がふえ、生活は重くのしかかってくる。彼は帰国し、トロントで新聞記者生活を始め、定収を得て金をため、パリに舞い戻るつもりだった。そのときは新聞記者をやめ、文学活動に専念する。

八月十七日アーネストは妻とパリを離れ、シェルブールから定期船に乗ってカナダに向かい、ケベックに上陸してトロントに直行し、同地に落ち着いた。

トロントでは前に寄食したことのあるコナブル家の世話になって、十月十日ハドレーは男の子を出産した。アーネストは喜んで、ジョン・ハドレー・ニケーナー・ヘミングウェイと命名した。ニケーナーは勇敢な闘牛士ニカノール・ビヤルタにあやかったものだった。

子供は順調に育ったけれど、トロントの生活は惨憺たるものだった。アーネストは『トロント・スター』紙の本社社員に雇われ、週給百二十五ドルを得、それはそれでよかったにせよ、編集長のハインドマーシュは新規採用の記者並みに扱い、外回りの取材仕事を命じ、地方出張も重なると、夜おそく帰りろくろく眠れなかった。独善的で人使いの荒い編集長に対する憤懣は募り、エズラ・パウンドに苦境を吐露する次のような手紙を書いた。

「朝の六時から深夜の二時までぶっ続けに働き……神経は参ってしまい、食物も胃の腑におさまってくれません。不眠症です」（一九二三年十月十三日付）

ハドレーは見るに見かねたばかりか、前途に不安を抱いた。夫は編集長に殺されてしまうかもしれないのだった。

それでも四か月辛抱して、その年の終わりに退社した。ハドレーは暮らしのやりくりがうまく、給料を残して数百ドルためていた。

翌一九二四年一月中旬トロントを後にして、一月十九日ニューヨーク出帆のアントニア号に乗船して再びパリに向かった。

魅惑の女

二度目のパリはアーネストにとって文学修業の場だが、貧乏暮らしの始まりだった。安アパートをさがし、エズラ・パウンドの住んでいる街区と同じノートルダム・デ・シャン通り百十三番地、製材所の敷地内にある二階家の階上に住んだ。「小説は売れず、夫婦はネギを食べ、カオール酒を飲んで暮らしていた」(『アフリカの緑の丘』)と後に述べているが、フォード・マドックス・フォードの主宰する文芸誌『トランスアトランティック・レビュー』の編集を手伝い、短編を意欲的に書いた。小遣銭に困ると、市中のジムで一回十セントのスパーリングの相手をしたが、いつも「移動祝祭日」であるパリの喜びは変わらない。プロボクシングのタイトルマッチを観戦して熱狂し、子供を乳母代わりの家政婦に預け、妻と競馬場へ出かけ、翌年は「六日間レース」といわれる競輪見物をするために郊外まで遠出をした。

その年パリのバカンスが始まると、妻とスペインへ行き、マドリード始めパンプローナのサン・フェルミン祭における闘牛を見物した。クリスマスにかかる頃は、一家はオーストリアの北西部、シュルンスの町へ行き、冬の間滞在した。オーストリアもインフレがひどく、高いドル貨を使うと親子三人週三十ドル以下ですみ、パリ暮らしより安くついた。

アーネストは切りつめた生活を強いられながら、文学修業の道をひたすら進み、パリではささやかながら最初の著作『短編三、詩十』と小品集『われらの時代に』を出し、さらにアメリカでの最初の著作である短編集『われらの時代に』が出て、文学修業の成果を収めつつあった。一方モンパルナス界隈に集まる文学仲間との交遊も活発に行っていたが男たちの間で遊び暮らす魅力たっぷりな女性のダフ・トワイズデンに興味を覚え、心を惹かれた。


ダフ・トワイズデンは『日はまた昇る』の女主人公ブレット・アシュレーとして登場するが、ブレットとなるダフは、すごく美しく、髪は男のように後ろに搔き上げ「体の美しい曲線は競走用のヨットの胴体のよう」だった。素性はあいまいながら、伝説めいた話が伝わっていた。

ダフは大戦前すでに結婚し、英国の情報機関に勤めていたが、海軍士官と恋愛に陥り、夫と別れ、海軍士官と再婚した。再婚してみると、海軍士官は男爵の身分ながら大酒飲みで粗暴な振舞いが目立ち、ダフは別れるつもりでパリへ逃れてきたのだった。

そんなダフも不埒な女でないとはいいきれなかった。夫とパーティーへ行ってはよく酒を飲んだ。男の子をひとりもうけながら、夫の生家に預けたままである。従弟のパット・ガスリーを伴い、パットは新聞通信員というふれ込みだが、愛人同様にしてパリ暮らしを楽しんでいた。スコットランドの地主の実家から仕送りを受け、金のあるうちは高級ホテルに泊り、なくなると安ホテルへ移った。そして酒場やナイトクラブに現われ、男たちの仲間に入り、小さな笑い声で如才なく振舞いながら姿を消した。酒代は万事男たちに持たせる魂胆だった。

アーネストは英国夫人という垢抜けした容姿にも興味をそそられた。わざわざ自宅に伴い、妻のハドレーに引き合わせたぐらいだった。が、その年一九二五年、サン・フェルミン祭の闘牛見物は、ダフを中心とした色恋沙汰がからんで混乱した。

サン・フェルミン祭には、前回と同じようにアーネストは妻と出かけたが、パリ見物にやってきた旧友のビル・スミスと文学仲間のドナルド・ステュアートが加わったばかりでなく、ダフが従弟のパットを伴い、若い作家のハロルド・ローブと現われた。ローブはダフの新しい愛人だった。

祭りが終わろうとする夜、ダフとローブはスペイン人と飲んでしたたか酔っぱらい、置き去りを食ったパットはむかむかして、無責任で酔っぱらいのローブをののしった。ダフとの情事を知っているので、余計に腹立たしかった。それはアーネストも同じだった。ダフと親密なローブは気に食わなかった。もともと金持ちのユダヤ人であるローブには嫌悪感を抱き、パットに加わってローブの無責任を責めると、二人は殴り合いの喧嘩になりかねなかった。それはそっくり『日はまた昇る』の一情景として描かれることになったが、サン・フェルミン祭の闘牛見物は後味の悪い結末を残し、一同は別れ別れになって四散した。

ダフはその後ローブから離れたもののパリ暮らしを続け、その秋、旅先で金に困り、三千フランの借金を懇願する手紙をアーネストへ書いた。アーネストにそんな金の余裕はなく、応じもしなかった。

ダフは夫と離婚し、パットとも別れ、一九二八年、十三歳年下の画家クリントン・キングと結婚した。時代は急速に変わり、ドイツにはファシズム政府が樹立し、モンパルナスのボヘミアンも姿を消した。一九三三年夫とメキシコへ渡った後、アメリカへ移り、ニューヨーク東九丁目でのわび住まいを続けた。貧窮に苦しみ、最後は肺結核のためサンタ・フェの病院で死去した。享年四十五歳だった。

が、ダフ・トワイズデンは『日はまた昇る』の女主人公ブレット・アシュレーとして、永遠の美しい容姿をとどめた。

ダフ・トワイズデンがアーネストの前から消えていった代わりに、モード雑誌『ヴォーグ』の女性記者ポーリン・プファイファーが現われた。

パリの離別

ポーリン・プファイファーはアメリカ南部、アーカンソー州ピゴットにある大農場主の長女だった。ミズーリ大学を出てからクリーヴランドの地方紙を振り出しに、『ニューヨーク・テレグラフ』紙、女性雑誌『ヴァニティー・フェア』などの記者を務め、数年前モード雑誌『ヴォーグ』へ移り、パリ支局勤務となって、妹のジニーとパリ生活を始めていた。二人は高級アパートに住み、妹は実家から生活費をもらい、レズビアンの女友達をつくりパリ暮らしを楽しんでいた。

アーネストは文学仲間のパーティーでポーリンに会い、小柄ながらきびきびした身ごなしに魅せられた。実際には四つ年上だったが、パリ仕立のスーツがよく似合い、しゃれて美しく見えた。ポーリンは一度妹のジニーとアーネストを訪ね、むさくるしい住まいの有様に驚いた。ハドレーは着古したセーターを無造作に着、肘のあたりはほころびていた。そんな素寒貧にはいっこうかまわず、子育てにかかりきっている妻は、同情するよりも縁のない存在に見え、ポーリンは困苦に耐え活力にみちたアーネストに愛着を覚えた。

その年（一九二五年）の秋、アーネストの最初の短編集『われらの時代に』が出ると、簡潔ながら才気のあふれる作品に魅了された。新鋭作家の出現にも感動して、アーネストとはしばしば出会っていた。

しかし最初の短編集に対する反響は皮肉で残酷だった。『ニュー・リパブリック』（一九二五年十一月二十五日号）ではさっそく書評に取り上げたけれど、平易な日常語を駆使した文体はシャーウッド・アンダソン的であり、また平易な言葉の繰り返しにはガートルード・スタインが介在していると結論していた。

アーネストは書評を読んで腹を立てた。とんでもない。見当ちがいもいいところだと思い、反論する代わりに、二人の先輩作家を皮肉ったパロディーふうの作品『春の奔流』を一気呵成に書いた。

『春の奔流』は四部構成として、第一部の副題はアンダソンの作品『黒い笑い』をもじって「赤と黒の笑い」、第四部はスタインの『アメリカ人の生い立ち』をもじって「アメリカ人の生い立ちと挫折」とした。

主人公は神秘や原始を求めるアンダソン的放浪者となって、着ている衣服を脱ぎすてて、裸のままインディアン女に従い、森の中へ入っていく。アンダソンの作風を模した、当てつけがましいおかしな作品だった。

ハドレーは夫の真意を測りかねたものの、発表には反対した。とりわけアンダソンはシカゴ以来世話になった先輩作家で、その人を揶揄し傷付ける作品は、好意と親切を裏切るものだった。

しかし書評に対する憤懣はおさまらず、アーネストはポーリンに出会って意見を求めた。ポーリンは物語のあらましを聞き、興味をそそられ、発表には即座に賛成した。テキパキした雑誌記者で魅力のある女性が共感したのだった。アーネストは喜んで、原稿をそのまま『われらの時代に』の版元であるボニ・リヴライト社へ送った。

アーネストの振舞いには多分に利己的な思惑が働いていた。シャーウッド・アンダソンはボニ・リヴライト社のドル箱作家で、その作家を揶揄し傷付けるような作品は当然却下するにちがいなかった。それはアーネストの思う壺で、彼は契約を破棄し、もっと有利な他社と契約を結ぶことができる。先を見越したのも、名の通ったスクリブナー社の編集長パーキンズから、次作を期待するとの手紙をもらっていたからだった。パーキンズは新人発掘に熱意を示す編集長として知られ、転がってきた好運を見過ごすわけにいかなかった。およそ敵をつくり敵を倒して先頭に立つ、利己的とも非情とも見える戦闘的な姿勢は活力にみちたアーネストの資質と重なって、終生変わらなかった。

すでにその年も十二月に入り、アーネスト一家は前年と同じように、オーストリアのシュルンスへ行って滞在した。ポーリンは新鋭作家のアーネストを追い、クリスマス休暇が始まるのを待ってシュルンスへ出かけた。休暇いっぱいアーネストとスキーを楽しみ、パリに戻ったが、アーネストの許へは思惑通り、ボニ・リヴライト社から原稿却下の電報が届いていた。アーネストは即刻ニューヨークへ行くことにしてパリへ出た。

むしろポーリンに会うつもりで、パリではポーリンに会い、彼女は喜んで一緒に街を歩き、そのままニューヨークへ行きたがった。が、アーネストは先を急ぎ、ポーリンはシュルンスにいるハドレーに宛て、

「あなたのご主人のアーネストはわたしにとっての喜びでした。わたしに会いたいと思っていらっしゃる限りお会いすることにしました。実際にお会いできました」(二月四日付)

と喜びの余りの手紙を書いた。

ポーリンは、アーネストを手許に引き寄せ、妻のハドレーを押しのけかねない危険な存在だった。

パリに戻ってからもシュルンスとの接触を絶たず、しばしば便りをした。アーネスト宛てだったりハドレーと一緒の名宛てだったりしたが、

「お別れしてから淋しくてなりません」
といい、
「古苔か冬のツタのようにご主人にくっつきますよ、ご用心を」（一月十七日付）
と大胆なことを書き、本気なのか冗談なのか、測りかねてハドレーは戸惑い、不安の念に駆られた。とはいえ夫を信じ、夫が無事に帰ってくるのを待った。

アーネストは三月一日無事にパリに舞い戻ったけれど、ポーリンに会ってシュルンスに直行せず、ひと汽車も二《ふた》汽車もおくらせた揚句、ポーリンのアパートに泊った。そして罪つくりの慙愧に耐えず、翌日汽車がシュルンスの停車場に入り、線路のそばに立っている妻を見た時、
「妻意外の誰かを愛さなければならない前に死んでしまえばよかった」（『移動祝祭日』）
と思ったと後に述べているが、彼は死にもせず、結婚生活が破綻しかねない危機をはらんだ。

それは外でもなく、ポーリンがハドレーを誘い、ロワール川沿いのドライヴに出かけた時のことだった。妹のジニーが車を運転した。ポーリンはハドレーを見下す気構えをしてろくろく口もきかなかった。途中泊まった宿で、妹のジニーが、姉とアーネストとの親密な間柄を打ち明けて話し、ハドレーは返す言葉もなく口をつぐんだ。

とはいえうっかりな自分に腹が立ち、翌日パリに戻ると、夫の不実を責め、くやしがって泣いた。アーネストは逃げ場がなく、
「あらぬ噂を口にするなんて、恐ろしいことだ」
といい、居丈高になって妻を黙らせた。

事情は一変して、子供のバンビ（愛称）は風邪を引き、ハドレーは美術愛好家のマーフィ夫妻に誘われ、子供と気候温暖な地中海岸のコート・ダジュール（別名リビエラ）へ行った。そこのアンティーブ岬にマーフィ一家の別荘があった。が、子供の風邪は百日咳と分かり、医者から至急隔離をすすめられた。マーフィ夫妻には幼い子が三人いるので感染する恐れがあった。同じ海岸の保養地ジョアン・レ・バンには、流行作家スコット・フィッツジェラルドの空き別荘があったので、そこへ移った。

が、病児をかかえてのひとり暮らしは心細く、パリから家政婦を呼び、マドリードに滞在中の夫に電報を打った。アーネストは仕事を打ち切り、急いでやって来た。が、子供の病状は案じたほどのことはなく、アーネストはひと安心して、ポーリンに誘いの手紙を書いた。

ポーリンはヨーロッパ観光にきた叔父夫婦と北イタリア旅行中だった。ファッション事

情調査を兼ねたが、半月ばかり経ってパリに戻り、アーネストからの手紙を読むと、一週間休暇を取り、急いでやって来た。

ポーリンは幼少の頃百日咳にかかり、百日咳には免疫になっていた。バンビの容態を見守り、付き添うようにするのを、ハドレーは苦々しく眺めた。ロワール川沿いのドライヴ以来の腹立たしい気持ちはおさまってはいない。が、夫は自分の知らないうちに、誘いの手紙をポーリンに書いていた。そしてポーリンはやって来たのだ。そうにちがいないと考えると、自分は除け者にされているくやしさもこみ上げた。

しかしハドレーは従順で冷静だった。ポーリンに当たり散らしてポーリンを追い出そうものなら、夫は激怒して妻子を残し、家を出ていくかもしれない。夫の激情や衝動的な性癖を知っているハドレーは、そんな不安におびえ、無関心を装った。

ヘミングウェイとポーリン
（アンダイエ海岸にて）
（A. E. ホッチナー『ヘミングウェイとその世界』より）

別荘の賃貸期限の切れた六月末、アーネスト一家とポーリンは付近のホテルへ移り、三人の奇妙な楽しい生活が続いた。三人揃って海水浴に出かけ、ホテルの自転車を借りると、三人ともまた揃って並木道のサイクリングをした。七月初めのサン・フェルミン祭が近づき、三人は一緒にパンプローナへ行って闘牛を見物した。子供のバンビはすっかり元気になったので、家政婦に託して先にパリへ帰らせた。

ポーリンは休暇の終わる日にパリに戻り、アーネストは妻とスペイン旅行を続けたけれど、奇妙に重苦しい日が始まっていた。アーネストは、滞在先ではその都度ポーリンに手紙を書き、返事がくるととびつくようにして読んだ。

ハドレーは忍従の性質を失わず、妻の座を守っていた。夫はポーリンに心を奪われているものの、激情に駆られて突っ走る人間だった。激情がおさまれば自分のところへ帰ってくるにちがいなかった。が、除け者にされた空しい気分から逃れるため、パリに戻って別居する決心をした。

そんな夫婦を描く短編に「カナリヤのお土産」がある。ハドレーは夫とパリに向かう列車に乗ったが、乗り合わせた耳の悪いアメリカの中年の婦人が、

「アメリカ人は一番いい旦那さまになりますよ。……結婚していいのは、世界中でアメリカの男の方だけですわ」

といって妻であるハドレーに話しかけ、中年婦人のおしゃべりが中心になって、作品は

逆説的な皮肉な性格を帯びる。

　このアメリカ婦人の娘はスイスのヴェヴェにいるが、同地のスイス人と恋愛結婚したのを、中年婦人は親として離婚させていた。外国人はアメリカ娘にとっていい夫になれないと信じる親のエゴから娘夫婦の仲を引き裂き、彼女は娘をとらえて離さない。篭に入れたカナリヤを娘への土産として持参しているが、それは自由を奪われた娘の身の上とそっくりの土産物だった。

　アーネスト夫婦は、夫婦の仲を引き裂く奇妙な婦人に見守られ、列車がパリに着くと同時に結婚生活の長旅は終わっていた。作品の結末はそうなっているが、事実も作品通りとなって、ハドレーは子供を連れ、モンパルナス通りの街角にあるカフェ、クロズリ・デ・リラに近い小さなホテルへ移った。

　アーネストはひとりになって、マーフィのアパートの部屋を借り、そこを仕事場にしながらしばしばポーリンのアパートへ現われた。すでに八月に入り、八月が過ぎようとしてもアーネストは妻の許に帰らず、ポーリンと別れる気配はなかった。ハドレーは最後の決心をして、いわゆる「百日間別居」の同意書を夫に手渡した。以後夫は百日間ポーリンと別居し、百日間経っても二人の気持ちに変わりがなければ離婚に同意するのだった。

　そしてハドレーとの生活は破局に直面した。

ポーリンは雑誌記者をやめ、十月初旬アメリカのアーカンソー州ピゴットの生家へ帰った。アーネストとの経緯を母に打ち明け、母はまごついた。妻子のある男と結婚しようとするのだった。娘の真意を測りかね、父親には内密にして日を重ねながら、ポーリンはアーネストとの交信を繰り返し、

「わたしたちはひとつ、わたしたちは一心同体、わたしはあなた」(一九二六年十月十一日、十二日付)

と熱っぽく書いた。

ポーリンを活気づけたのは、五月に出版された『春の奔流』に続き、十月下旬に出た『日はまた昇る』の大成功だった。若い世代の読者層に大受けに受け、主人公のぶっきらぼうな口調をまねる若者がふえた。『日はまた昇る』は同時代作家の作品中最高のものと批評家は激賞した。

そして十二月中旬百日の期限は切れた。

夫はついに帰らず、ハドレーは離婚の手続きを取る決心をして、夫の不在を理由とする離婚訴訟を提起した。パリの裁判所は翌一九二七年一月二十七日認可した。彼女は信託預金から年二千五百ドルの配当をもらっていたが、アーネストは『日はまた昇る』の印税全部を贈ることとした。それは別れる妻に対するせめてもの心遣いで罪ほろぼしのようなも

のだった。

ハドレーの離婚の表明を妹のジニーが姉に伝え、ポーリンは躍り上がって喜び、フランスに戻った。父親は暗黙のうちに結婚を許したらしく、後結婚式には千ドルの小切手を送った。

ポーリンはアーネストのためにさっそく住居を探し、サンジェルマン通りに近いフェルー横丁にあるましなアパートに落ち着いた。翌一九二七年五月十日、二人はヴィクトルユーゴー広場に近いカトリックのサントノレ教会で結婚式を挙げた。アーネストは南フランスの漁港グロー・デ・ロアへの新婚旅行を終えてパリに戻り、さらに変転する人生に立ち向かった。


ハドレーの後半生は呪わしい過去から抜け出し、むしろ幸福だったといえる。ハドレー自身も世間知らずだった過去から抜け出し、アーネストとともにヨーロッパ各地を巡り、さまざまな習俗にふれ、広い世間を見てきた。とりわけパリには自立した未婚の女性が多く、彼女は見習って、ひとり人生を楽しむ心構えもしていた。幸い彼女はひとりではなく、愛児のバンビがいて、養育に専念することもできた。

いったん帰国して、オーク・パークやセント・ルイスを訪ね、カリフォルニア州のリゾート地カーメルにいる旧友や旧知と再会するため同地までの長旅をした。

が、パリは思い出の地で忘れがたく、パリに舞い戻ってアパートに住んだが、一九三三年『シカゴ・デイリー・ニュース』紙のパリ支局長ポール・スコット・マウラーと再婚した。マウラーは詩人肌で温厚な人物だった。ハドレーは初めて平穏な生活を取り戻したといってよかった。

マウラーとシカゴに戻り、成育したジャック（バンビ）はラテン学校に通い、第二次大戦中兵役につき情報機関要員となり、マウラーは退職後、一時パリで『ニューヨーク・ポスト』紙のパリ版を発刊していた。晩年はニュー・イングランドの片田舎に住み、後温暖の地フロリダ州へ移った。ハドレーは一九七一年夫と死別し、八年後の一九七九年一月二十四日レークランドで死去した。享年七十八歳だった。

ヘミングウェイにとっては、パリとともに最初の妻であるハドレーは忘れがたく、貧しくて楽しく暮らした若き日の思い出を『移動祝祭日』の一章「偽りの春」に書きとどめている。

金持ちの女

熱情の行方

パリの喜びの日は終わらない。アーネストは以前と変わりなくパリ住まいを続けながら、二人目の妻のポーリンと各地を旅行して回った。スペインでは各地の闘牛見物に熱中した。「六日間レース」といわれる競輪を見るのでベルリンまで出かけ、冬にはジュネーヴ湖畔モントルー背後の山村グスタードでスキーを楽しんだ。

しかしパリ生活五年、『日はまた昇る』の成果をおさめ、パリ生活を切り上げていい時が来ていた。ひとつには妻のポーリンが妊娠していたからだった。ポーリンも前妻のハドレーと同じように本国へ帰って出産したがったし、勢いアーネストはそれに同意した。

本国のどこへ？

芸術の街の雰囲気に浸った後、アメリカの凡俗な都会地へ帰る気はさらになく、幸い旧友のドス・パソスが、かつて行ったことのあるアメリカ最南端の港町キー・ウェストの話を書いていた。

フロリダ州のマイアミから、大西洋上を西南の方向にまっすぐ走っているいわゆるフロリダキーズ、大小三十余りの珊瑚礁群の最南端に港町はあった。町の人口は七千人余り、大半はスペイン系の土着民だった。気候は亜熱帯で、夏はとりわけ暑いが、半舗装の町は粗野なたたずまいで、「ニュー・イングランドの古風な町に似ている」とドス・パソスは書いていた。

港町の様子をたしかめるため、パリのアパートはそのままにして、翌一九二八年三月下旬、妻とフランスの西海岸ラ・ロシェル港からハバナに向かう英国船に乗った。四月上旬ハバナに着き、フェリーで海峡を渡り、キー・ウェストに至ってひと先ずアパート住まいをした。

ポーリンがアーカンソー州ピゴットの生家へ帰った後、アーネストは海釣りに熱中して、彼の面前に新しいスポーツの世界がひらけた。キー・ウェストはまさに彼を大魚釣りの漁師へと変身させる絶好の場所となっていた。彼に海釣りや大魚釣りを教えたのは、海釣り用のモーター船を持っているチャールズ・トンプソンで、彼はトンプソンと親交した。

トンプソンは葉巻箱製造工場や魚市場を経営している事業家だった。海釣りが得意なばかりでなく、礁湖に出かけて水鳥を撃つ狩猟家でもあった。アーネストに大魚のターポン釣りを教え、西方二十マイルのマルケサス珊瑚礁島あたりまで出かけた。大魚のターポンは餌針に食いついてもなかなか引き寄せられない。一時間も二時間も大魚と格闘する始末で、アーネストは昂奮した。

それは素晴らしいスポーツだった。彼は興に乗って友人知己に便りをして、旧友のドス・パソスやむかしの釣り仲間のビル・スミスが現われると漁船を雇い、さらに西方三十マイル、ドライ・トロチュガス珊瑚礁群のあたりまで遠出をした。

大魚釣りに熱中して港町の生活が気に入ったが、妻を放置するわけにいかず、五月下旬ピゴットに赴き、プファイファー一家に迎えられた。出産は地方医療の中心地カンザス・シティーの病院ですることにして、妻を同市へ伴った。同市はかつて見習記者をしていた土地であり、旧知もいて都合がよかった。

妻はリサーチ病院に入院したものの難産で、十八時間も陣痛に苦しんだ揚句、帝王切開手術を行い、六月二十八日次男のパトリックが生まれた。この難産の有様は『武器よさらば』の終末の情景として次のように描かれている。

「先生にやってもいいとおっしゃったの」とキャサリンがきいた。

「うん」

「素晴らしいじゃない。今度は一時間するとすっかり終わってしまうのね。わたし、もう殆ど駄目だわ。くたくたになりかけてるのよ。それ、どうかかけてちょうだい。きかないいわ。ああ、きかないのよ！」

「うんと吸って」

「吸ってるのよ。ああ、もうきかないわ。きかないわ！」

「もう一本、円筒を持ってきてください」と、わたしは看護師にいった。

「それ新しい円筒です」


キャサリンは死産し、自身も出血のため死んだ。むろんポーリンは死なずに無事出産しているが、夫婦の仲は狂い始めた。ポーリンが再び妊娠してリサーチ病院へ入り、難産で苦しんだことだった。

それは三年後の一九三一年十一月で、前回と同じように十二時間も陣痛が続き、今度も帝王切開手術を行った。十一月十二日、三男のグレゴリーが無事生まれたものの、以後妊娠すると手術を行うのはもう無理で、母子ともに厄介なことになると医者から警告を受けた。それにはセックスをつつしむことだった。

アーネストは真剣に聞き、絶望的な気分が襲った。かりに避妊を行うとしても妻は拒むかもしれないのだった。ポーリンは親代々のカトリック信者で、結婚して子をもうけるという教義に反するような不自然な方法には従わないにちがいなかった。勢い彼は禁欲を強いられることとなる。とりわけ女の子を欲しがっていた願望も断ち切られてしまうのだった。

アーネストは暗然としながらも母子ともに健在で、キー・ウェストに戻った。とはいえアーネストは翌年の四月からハバナのアンボス・ムンドス・ホテルに滞在した。ホテルの部屋を仕事場にして、二か月もキー・ウェストには帰らなかった。

キー・ウェストは、ポーリンにとっては安住の地だった。海岸に近いホワイトヘッド通り九百七番地にある空き邸宅を叔父のグスタフが一万五千ドルで購入してポーリン夫婦に贈り、年末そこへ移っていた。叔父も富裕な親族で、製薬会社を経営し、ニューヨークにあるハドナット化粧品会社の大株主だった。

邸宅はれんが塀に取り囲まれ、白い石造りの二階建て、階上のベランダは広く、格子模様の鉄細工の手すりが取り巻いていた。庭も広く大王ヤシが茂り、付近の貧相な木造家屋に比べ、堂々とした邸宅だった。ただし邸宅は古家だったので、ポーリンはせっせと手を入れ修理した。裏手の二階建てをアーネストの仕事場としたばかりか、庭の一角にプールまでつくった。

とはいえ、キー・ウェストも邸宅もアーネストにとって安住の場所とはならなかった。妻に対するやり切れない気持ちが働く反面、今まで満たされなかったもうひとつの熱情が勢いよくめざめた。それは幼少の頃からなじんだ西部の原始的な辺境地に対する郷愁であり、野鳥を撃ち野生のものを追う爽快な野外運動だった。富裕な一族に守られ、平穏にその日を暮らす気はさらになく、彼は活力にみち行動力に富んでいた。

キー・ウェストに着いた翌一九二八年六月、ポーリンが無事出産してピゴットの生家に戻ると、アーネストは単身西部に向かった。シカゴで旧友のビル・ホーンに会い、ビルの運転する車でワイオミング州北端の町シェリダンに至り、付近の牧場に滞在した。谷川でますを釣りながら次の作品の執筆にはげんだ。

ポーリンはひとり置き去りにされているわびしさに耐えず、赤ん坊を帰郷した妹のジニーと乳母に託して夫を追い、汽車でシェリダンに至った。ひと月ばかり滞在してます釣りを覚え、ビルの運転する車で西のロッキー山地を横切り、夫とイエローストン山地までのドライヴを楽しんだ。

が、アーネストの身の上にいいことばかりはなく、その年一九二八年十二月六日、父のクラレンスはオークパークの自宅でピストル自殺を遂げた。遺書はなく、死因は不明だったけれど、フロリダ州の不動産投資に失敗し、多額の借金の返済に苦慮していた。

「父死去」の電報を受け取り、さすがにアーネストは驚愕した。ちょうどパリにいる前妻のハドレーからの便りがあって、五歳になるバンビは義妹のジニーに付き添われ、父とクリスマスを過ごすため、アメリカへやって来るのだった。アーネストはニューヨークまで出向き、子供をジニーから受け取り、マイアミ直通の列車に乗った。列車がニュー・ジャージー州トレントン駅で停車中、車掌から電報を受け取った。電報はオークパークの母グレースからで、出版社を経由して列車を追ってきたのだった。アーネストは子供を黒人のボーイに託し、列車を乗り換え、翌日の葬儀に間に合った。

さもあらばあれ、翌年はスペインに赴き、サン・フェルミン祭の闘牛始め、各地の闘牛を見物したけれど、次の年（一九三〇年）夏になると、七月上旬、妻とモンタナ州ノードクウィスト牧場へ行き、夏の間滞在した。釣りもでき、執筆もはかどり、山地の生活は爽快だった。ポーリンは乗馬を楽しんだが、生家に残してきた幼児が気になり途中で帰った。

秋になって狩猟シーズンが始まると、アーネストは牧場の番人と大鹿を追い、二、三頭仕留めた。ニューヨークから旧友のドス・パソスがやって来ると、二人はさらに大鹿を追い、十月いっぱいで狩猟を切り上げ山地を下りた。十一月一日ビリングズに向かう途中自動車事故を起こし、アーネストは右腕を骨折した。夜半のことで対向車のヘッドライトに目がくらみ、彼はハンドルを切りそこねたのだった。車は横の溝へとび込み、横転して大破した。ドス・パソスは無傷だったものの、アーネストは対向車に助けられ、ビリングズの病院へ行って、二か月入院した。

アーネストの活力は衰えず、翌年のサン・フェルミン祭にも妻とスペインに赴き、各地の闘牛を見て回った。妻は再び妊娠して帝王切開手術を行い、最悪の事態を招いたけれど、狩猟への熱情が消えたわけではなかった。狩猟期に入らないうちは、メキシコ湾流を広大な狩猟地に見立てた。町の酒場「スロッピー・ジョー」の主人ラッセルの持ち船アニタ号を借り、ラッセルとメキシコ湾流で巨大魚マーリン（まかじき）を追い、夏になるとその年（一九三二年）も前と同じノードクウィスト牧場に赴いた。妻も同行して夏の間滞在したが、ポーリンは生家に残してきた二人の幼児が気がかりになり、秋口になって帰った。代わって親交していたトンプソンがキー・ウェストからやって来た。

二人は牧場を後にして鹿を追い、トンプソンは雄鹿を二頭仕留め、灰色熊も倒した。アーネストは大ワシの舞い立ち撃ちを試み、茶色熊も倒した。雪の降り始める十月中旬二人は山を下りた。
翌年も春先からアニタ号に乗って、殆ど二か月もマーリンを追っていたが、夏にはノードクウィスト牧場へは行かず、アーネストにとっての最大の狩猟地、アフリカの大草原に向かう準備を進めた。

アフリカ狩猟旅行

アフリカの狩猟地は金持ち連中のプレイグラウンドといってよかったが、少なくともアーネストにとっては、そこは未知で未開の素晴らしい土地だった。原始的な辺境の自由な環境を求めて突き進んだかつての初期開拓者に似た心境を、彼は『アフリカの緑の丘』で次のように述べた。

わたしは自分にとって生きること、本当に生きることがうれしい場所へ帰っていくのだ。……アメリカは以前はいい国だったのに、開拓して惨憺たるものにしてしまった。だからわれわれが常にどこかへ行く権利を持ってどこかへ行ったように、今わたしはアメリカではないどこかへ行くつもりなのだ。

そしてアフリカの大地に立ち、その空と樹木と動物と鳥と土語を愛し、「本当に愛している女と一緒になった後のような幸福感」を抱くのだった。

アフリカの狩猟旅行にはポーリンも同行することにして、ポーリンは叔父に旅行費の融通を頼み、叔父のグスタフは二万五千ドルを提供した。二人の子供は家政婦に託し、一九三三年八月四日、アーネストは妻とハバナからスペイン船に乗って、先ずスペインへ行った。マドリードに滞在した後パリへ移り、遅れてやってきたトンプソンと落ち合い、三人は十一月二十二日マルセーユで英国船に乗った。紅海を経てインド洋に出、英領ケニアの港市モンバサに着き首都ナイロビに至った。

そこで白人のプロハンター始め、自動車修理工兼狩猟助手、現地人の運転手、ポーター、料理人など十人余りの狩猟隊をつくり、トラックと六人乗りの特別車に分乗して、十二月二十日狩猟地のセレンゲッティ草原に向かった。大草原を一路南下してアルシアの町に至り、西に転じてヌゴロングロ休火山の高地帯を通り、十二月二十三日狩猟地に着いた。

草原にキャンプをしてカモシカを何頭か仕留め、豹も二頭倒した。ポーリンにとって狩猟のハイライトは、ライオンが草むらから現われた瞬間で、ライオンは黄色い毛におおわれ、黒褐色のたてがみのある巨体だった。

プロハンターのパーシヴァルはポーリンに発砲を促した。ポーリンはマンリッヒャーの小銃を持ってテントの前に出、正面の巨体を狙い膝打ちで発砲した。

弾丸は命中したがライオンは倒れず、左の方へ走りだした。

背後に控えていたアーネストのスプリングフィールド銃が轟然と火を噴いた。走りかけたライオンはひっくり返って草むらに隠れ、姿を消した。

ポーターの土民たちは、二、三人が勢いよく駆け出し草むらに入った。ライオンは数メートル先に倒れていたが、もはや動く気配はなかった。

ポーターたちは喚声を上げて引き返し、

「ママ・ピガ・シンパ（ママが倒した）」

と仲間に呼びかけた。ママはポーリンの呼び名で、アーネストはパパだった。

焚火をかこんでいた雑役夫も料理人も皮剝ぎ人夫も一斉に喚声を上げ、

「ママ・ピガ・シンパ」

「ママ・ピガ・シンパ」

と繰り返しながら、ポーターたちと一緒になってポーリンのところへ走り寄り胴上げをした。ライオンの歌を歌い、焚火の周りをひとめぐりしてからテントの前でポーリンを下ろした。それは狩猟記『アフリカの緑の丘』にある一情景だが、ポーリンは昂奮した。ライオンを倒したのは自分であろうとなかろうと弾丸は命中していた。おまけに胴上げまでされてうれしくてたまらず、連中に一シリングずつ祝儀をはずんだ。
狩猟はそこまではよかったが、アーネストは下腹部の疼痛を訴えて起き上がれず、血便までしてポーリンをうろたえさせた。英国船が寄港した途中の港町での食事がよくなかったにちがいなかった。

プロハンターのパーシヴァルは窮余の一策、助手の青年を百十五マイル先のヴィクトリア湖畔にある電信局へ車で走らせ、アルシヤの航空会社へ電報を打った。患者輸送の小型機を頼んだのだ。

二日後に二人乗りの複葉コスモス機が飛来し、患者のアーネストを乗せ、アルシヤへ引き返した。給油して首都ナイロビに至り、アーネストはスタンレー・ホテルに宿泊して医者の手当てを受けた。アメーバ赤痢と分かり、エメチン注射を続けざまに打った。幸い二、三日経って病状は快方に向かい、アーネストは起き上がれるようになったが、狩猟隊は隊長格のアーネストがいなくなって意気上がらず、ヌゴロンゴロ休火山の高地帯へ引き揚げ、そこをベースキャンプにしてアーネストの帰着を待った。

ポーリンは夫の身を案じて落ち着かず、パーシヴァルと車でアルシヤの町へ行き、ナイロビのホテルへ電報を打った。アーネストは殆ど全快していた。返電がきてポーリンは喜び、それから三日後アーネストはローカル線の航空機でアルシヤの町へ帰着した。

元気を取り戻したアーネストは狩猟を続行した。巨大なサイを始め、大カモシカ、野牛、ハイエナなどの獲物を得てさらに南進し、マニャラ湖付近に達した。トンプソンは大カモシカを一頭仕留めたが、アーネストは二頭を狙い撃って倒した。一頭の角はとりわけ大きく、計ると一対の片方だけで五十七センチあった。

すでに二月も半ばを過ぎ、雨期が迫っていたのでキャンプをたたむことにした。狩猟は殆ど二か月に及んだ。さまざまな戦利品を得たことにアーネストは満足してタンガニーカの東海岸へ出、狩猟隊はタンガ港で解散した。

アーネストは妻と四月上旬キー・ウェストへ帰着したけれど、狩猟はこれで終わらず、もうひとつの広大な狩猟地といっていいハバナの近海やメキシコ湾流において、巨大魚を追う永続的なスポーツへ関心を寄せた。

そのため帰途ニューヨークに立ち寄った時、ブルックリン造船所へ大魚を追う巡航船を注文していた。全長三十八フィート、ディーゼル・エンジンで、建造費は七千五百ドル、頭金三千ドルを男性雑誌『エスクワイア』から融通してもらった。いずれ同誌にはアフリカの狩猟やマーリン釣りの話を書く予定だった。船名はピラール、スペインで闘牛士の信仰する聖者の名前を取って付けた。

ピラール号は五月下旬キー・ウェストに回送されてきた。妻のポーリン始め友人知己が船員代わりを務めて初乗りを試み、アーネストは舵輪を握り、メキシコ湾流を誇らしく進んだ。彼はひとりでに大魚を追う漁師となっていたが、アフリカの狩猟記『アフリカの緑の丘』を書いた。

美貌の女

アーネストはアフリカを題材とする二つの作品「キリマンジャロの雪」と「フランシス・マコーマーの短い幸福な生涯」を書いたが、後者の女主人公マーゴットは美人写真になったほどの美貌の持ち主で、おまけに金持ち夫人だった。とはいえ金持ちの女に対する嫌悪感を吐き出したような作品で、作中人物のプロハンターであるウィルソンの口を借り、次のように述べた。

アメリカの金持ちの女は世の中で一番手ごわい人間だ。一番手ごわく、一番残酷で一番略奪的、そして一番魅力的で、女たちが硬化すると男たちは軟化してしまうか、神経はくずれてばらばらになってしまう。

彼女たちを一種の恐るべき存在として突っぱねた姿勢を示している。

女主人公のマーゴットは、アフリカ狩猟旅行中、ライオンにおびえて逃げ帰る夫を「臆病者」とあけすけにいい、ライオンを一発で仕留めたプロハンターのウィルソンと通じ、弱者の夫を平気で無視した。が、局面は一変し、夫は勇敢にも手負いの水牛に立ち向かった。と同時にマーゴットの発砲した銃弾は夫の頭部に命中していた。

マーゴットの発砲は故意か偶然か、謎の残る作品ではある。故意とするなら、にわかに強者となる夫を恐れ、その夫を排除しようとしたことになり、それこそマーゴットは一番手ごわく、一番残酷で、一番略奪的な恐るべき夫殺しの極悪人である。

が、作品は必ずしもそうはなっていないように思われる。終末になってウィルソンは訳知り顔に、「どうして毒殺しなかったのだ、イギリスではみんなそうしている」と残酷なことをいい、マーゴットは「やめて、やめて」と叫び、夫への愛にめざめ、痛恨の思いに駆られる、と理解したい。彼女は夫を助け、自分の腕前を誇ろうとして、水牛を狙い誤って発砲したのだ。作者は美貌の女に魅せられ、むざむざ極悪人に仕立てたくなかったのか、アメリカ女のマーゴットにも人間的な愛情を付与して描いたにちがいない。しかし人間の何かが狂い、悲劇だった。

ともあれマコーマー夫婦の心は離れ離れだったが、敢えて離婚しなかったのは、夫は美貌の妻を、妻は金持ちの夫を失いたくなかったからで、弱気の夫は勝手気ままな妻の振舞いを黙認していた。この女主人公マーゴットのモデルと見られているのが財閥夫人で美貌のジェーン・メーソンだった。

一九三一年九月、アーネストは妻とパリに赴き、放置していたアパートを片付け、イル・ドゥ・フランス号で帰国した際、乗り合わせたのがジェーン・メーソンで、美貌に魅せられた。当時ジェーンは二十二歳、ポーリンも若さと美貌に気圧《お》され、後にジェーンにならい、髪形を変え、髪をブロンドにしたぐらいだった。

ジェーンの夫のグラントは、パンアメリカン航空のカリブ地区代表で、キューバ航空の大株主だった。ハバナ近郊の豪邸に住み、召使いが九人もいて、時には二十四時間ぶっ通しのパーティーを催し、スコット・フィッツジェラルド『偉大なギャツビー』の一情景を想起させる。ジェーンはイル・ドゥ・フランス号以来の知己となって、キー・ウェストにやって来た。アーネストは喜んで迎え、アニタ号を借り、一緒に海釣りに出かけた。

夫のグラントは出張旅行が多く、家事は妻まかせだった。子がなく、子供を二人もらって養子としたが、子供は召使いに預けたままジェーンは勝手気ままに出歩いた。男たちの仲間になって酒を飲み、鳩の標的撃ちに興じ、パリにおけるダフ・トワイズデンに似た有閑夫人の遊び事に熱中していたが、ジェーンは金と若さにまかせて活動的だった。車を猛スピードで突っ走らせ、不幸にも事故を起こした。車は溝に落ちて大破した。自身は無事だったけれど、神経障害を来たし、二階のバルコニーから飛び降り自殺を企てた。背中をしたたかに打ち未遂に終わると、ニューヨークの病院に五か月も入っていた。

その後アーネストはアフリカ狩猟旅行に赴き、帰国して新造船ピラール号でハバナへ渡り、妻をキー・ウェストに置き去りにしたまま、夏から秋にかけ、アンボス・ムンドス・ホテルに滞在した。それを知って、ジェーンは毎日のように訪ねて来た。夫は夏の間出張旅行で不在だった。アーネストはジェーンをピラール号へ誘い、海釣りの愉快な時を過ごした。街へ出ると、ジェーンはアーネストと連れ立って恋人を気取り、酒場では一緒にダイキリ酒を飲んだ。

アーネストはジェーンにとってあこがれの有名人だった。そんな有名人と結婚することさえ考え、そばを離れなかったが、アーネストはしたたかに対応した。ジェーンの美貌に魅せられな

美貌のジェーン・メーソン
(A. E. ホッチナー『ヘミングウェイとその世界』より)

がら、金持ち女の勝手気ままな振舞いに振り回されてはいないのだった。

ジェーンはそんな振舞いの揚句、アーネストのアフリカ狩猟旅行に触発され、アーネストが帰国した同じ一九三四年の冬、プロハンターのブロール・フォン・ブリクセン（アーネストの友人）を伴い、アフリカ狩猟旅行に赴いた。豹や大鹿や野牛の獲物を得たにとどまらず、コーヒー農園主リチャード・クーパーと恋愛に陥った。

ジェーンは恋の相手のクーパーが忘れがたかった。翌年の夏、ビミニ島に滞在中のアーネストに招かれ、同島へ行って海釣りに興じたけれど、アーネストと別れてマイアミへ渡り、

「クーパーさんは今ワイオミングへ行っています。仕事がうまくゆくように祈って上げてください」（六月二十日付）

と手紙に書いた。彼女自身はアーネストとはすでに訣別していたのだ。アーネストは金持ち女の気まぐれにしてやられたと思い、いまいましがった。

クーパーはジェーンに会うためにハバナへやって来た。その足でアメリカ本土へ出かけ、ワイオミング州の油田を開発して、アメリカの女性と結婚した。油田開発はうまくゆかなかったのかアフリカへ帰り、タンザニアのマニャラ湖畔に住み、泥酔して湖に転落溺死した。

気まま暮らしのジェーンの後半生は二転三転した。一九三八年離婚し、その後結婚と離婚を繰り返し、一九五五年『エスクワイア』の編集長アーノルド・ギングリッチと四度目の結婚をした。最晩年は低血糖症を患い、昔日の面影もなく病み衰え、一九八一年死去した。享年七十二歳だった。ベッドの枕許には夫と前夫グラントのに加え、青春の夢をはぐくんだアーネストとクーパーの写真が並べて置いてあった。

女性ジャーナリスト

スペイン戦争

一九三四年五月に漁船ピラール号の初乗りをして以来、アーネストはピラール号でキューバに渡り、ハバナを基地として、巨大魚を追った。翌年はメキシコ湾流を北上して、ビミニ島に至り、数か月滞在してマーリンを追い、目方五百ポンドの記録的な巨大魚を釣り上げた。ポーリンは一度子供たちとビミニ島へやって来たけれど、キー・ウェストへ帰った後は、アーネストは妻とは別居同然の日日を過ごした。むしろ熱情は妻から離れ、持ち船のピラール号を愛人にして暮らしたといってよかった。

次の年（一九三六年）も六月にビミニ島へ行ったけれど、炎暑を避けてキー・ウェストへ帰り、妻子を伴い西部の狩猟地ノードクウィストまでドライヴした。牧場には十月終わりまで滞在したが、執筆にはげむ一方狩猟も忘れず、灰色熊を二頭倒した。秋になってキー・ウェストに戻り、アーネストにとっては運命的な転機が訪れた。それはスペイン戦争の勃発だった。

その年一九三六年七月、フランコ将軍の率いる反乱軍は国土の大半を制圧して首都マドリードに迫り、十月下旬マドリードは陥落の危機に瀕していた。共和政府を支援する各国の知識人や労働者はスペインに集まり、国際旅団を組織して、マドリード始め各地でたたかっていた。義勇兵は四万数千人、冒険好きなアメリカの青年も多数参加した。

闘牛の国スペインは、サン・フェルミン祭の闘牛を見物して以来の忘れがたい国だった。闘牛は国民的行事にとどまらず、死を賭して雄牛と対決する闘牛士の男性的で勇敢な演技の場だった。戦争の勃発で闘牛の感激も消え失せそうな不安が兆した。

折も折、十一月二十五日北米新聞連合の編集長ハリー・ホイラーから現地取材を依頼する手紙が届き、アーネストは小躍りした。それは待っていたような機会だった。第一次大戦では前線へ進出して重傷を負った。が、ギリシア・トルコ戦争では現地取材のため、コンスタンチノープルまで行き、今度は戦争そのものの現地へとび込んで行くのだった。

隠れていた野心も急速にめざめた。彼は『武器よさらば』のベストセラー作家として文名を高めたが、その後それに匹敵する文学活動はなく、代わりに闘牛解説書『午後の死』

（一九三二年）と狩猟記『アフリカの緑の丘』（一九三五年）を書いたにとどまった。さらに悪いことに、一九三〇年代の大不況下における時代錯誤的な現実離れの態度に批判が集まり、著作は不評だった。彼は憤懣を押さえきれず、沈鬱な気分を巨大魚を追う壮絶な行動に投げつけていたのかもしれないのだった。そして今度は現実そのものの戦争をとらえるのだ。自分の著作の時代錯誤を指摘してしたり顔な連中に一泡吹かせる絶好の機会でもあり、闘争心も昂ぶった。

戦時特派員として戦争にとび込んでいくのを、妻のポーリンは、かつてハドレーがギリシア・トルコ戦争の現地報告に出かけるアーネストを必死に遮ったように、真っ先に反対した。スペイン行きは気ままなアフリカ狩猟旅行とはちがうのだった。そこには血みどろの戦争があった。

アーネストは妻を安心させるため、ピラール号でハバナに赴き、同地に滞在している闘牛士シドニー・フランクリンに同行を頼んだ。

闘牛士のフランクリンはニューヨークのブルックリン地区の出身ながら、新鋭の闘牛士として売り出していた。マドリードの闘牛での鮮やかな演技を見て、アーネストは魅了され、止宿先のホテルに訪ね、以来昵懇の間柄となっていた。現在スペインの内乱を避け、ハバナへ移ってきた。現地の事情に詳しい人間を伴えば、不安や危険は幾分除去できるにちがいなかった。

フランクリンは承諾した。彼は補助特派員として入国する。アーネストはいくらか安心してキー・ウェストに戻ると、もうひとつの運命的な出会いが待っていた。いつものように「スロッピー・ジョー」の酒場のカウンターに向かい、高椅子に腰かけ、ラム酒のカクテルを飲んでいた面前に、すごい美人の女性ジャーナリストが現われたことで、それはマーサ・ゲルホーンだった。


マーサ・ゲルホーンは、ハドレーと同じセント・ルイスの出身で、同じく東部の名門校ブリン・モア女子大学に入ったが中退した。アーネストより九歳、ポーリンより十三歳も年は若い。父は名の通った産婦人科医、弟三人の長女だった。

自立心に富み、二、三の地方紙のリポーターを務めた後フランスへ渡った。パリ滞在中、セント・ルイスの地方紙『ディスパッチ』紙の特派員の資格を得て各国を見て回り、現地報告の記事を送った。フランス人記者と同棲していたこともあった。一九三三年最初の長編『狂気の追求』を書き、ポーリンと同じジャーナリズム畑を歩きながら恐ろしく野心家に見える。

翌一九三四年帰国後、連邦臨時救済機関の調査員として、アメリカ各地における大不況下の貧民の悲惨な生活を見届け、『わたしの見た苦難』の現地ルポを書いた。生生しい記録はルーズベルト大統領夫妻を感動させ、ホワイトハウスへ招かれたほどだった。

その年一九三六年夏、英独仏を回って帰国すると、父が死去した。しばらく生家にとどまっていたが、その年の末もクリスマス休暇になって母と弟を誘い、暖かいフロリダ州のマイアミへ来、さらにひと足のばして最南端の港町キー・ウェストに至った。

キー・ウェストには名士でもあり先輩作家でもあるヘンミングウェイがいた。マーサはその有名作家に接近し、面識を得たいと願っていたにちがいなかった。母と弟と連れ立って海岸通りを歩き、「スロッピー・ジョー」の酒場にぶつかったが、仄暗い、だだっ広くて殺風景な酒場に客はひとりもいなかった。常連といわれるヘンミグウェイの姿はむろんなく、三人は引き返した。マーサはあきらめきれず、出直してひとり酒場に行き、ちょうど高椅子に腰を下ろしているヘミングウェイに出会ったのだった。

マーサはすらりとして背が高く、黒いワンピースがよく似合い、ブロンドの髪の毛が肩まで垂れ、アーネストは眺めてすごい美人だと思い、喜んで迎えた。それが話題のドキュメントふうの作品の作者と分かると、にわかに親近感を抱き、マーサを離さずによくしゃべった。彼はキー・ウェスト居住八年、その間アフリカ狩猟旅行に赴き、今はピラール号の船長だが、年が明けるとスペインの内乱へととび込んでいくのだった。

「フランコ軍はナチス・ドイツとイタリアの支援を受けているファッショ勢力で、民主主義の敵ですよ」

と内乱の話に熱が入り、マーサを酒場から海寄りのレストランへ誘い、現地取材の共同作業を持ち出してマーサを感動させた。有名作家に同行しての取材活動は予期しない幸運といってよく、ジャーナリストとして第一線に立つ野心も動いた。その夜止宿しているホテルまで送ってもらったが、昂奮はおさまらず、「ぜひご一緒させてください」と念を押すふうにいった。

マーサの一行は二、三日滞在し、母と弟は帰途に就いた。マーサはその夏のヨーロッパ取材旅行をまとめるため後に残ったが、それは口実にすぎず、畏敬する作家のそばを離れたくなかった。ヘミングウェイの邸宅へ入り浸って毎日を過ごした。ポーリンとも仲好しになったのを幸い、一緒の食卓に向かったばかりでなく、ヘミングウェイの草稿を読み、感動してタイプを叩き、助手の役目までした。

マーサは図らずも十年前パリにおけるポーリンの役割を演じていた。ポーリンもヘミングウェイを離さず、一家の中へ割り込んだ。そんな十年前が胸元をよぎってポーリンは落ち着かなかったが、家事や子供の世話にかかりきって無関心を装った。女性のヘミングウェイ・ファンもマーサにかぎったことではなかった。
アーネストはハバナとキー・ウェストを背景とする密輸物語の執筆を急いでいた。そしてブルジョワ男の愛人のセリフに至るとペンは走った。

「……男ってそんなふうにはできていないのね。どこかちがった女、もっと若い女、手を出してはいけない人とか風采の変わった人とかが欲しくなるのね。黒い髪の女、今度はまたブロンドの女……」(『持つと持たぬと』佐伯彰一訳)

そうなふうに書き、ブロンドの女はマーサ・ゲルホーンだった。
一方、作中人物の作家リチャード・ゴードンの妻ヘレンの言葉として、冷えきった夫婦関係と男のエゴイズムを次のように痛烈に吐露した。

「愛なんて嘘っぱち。愛なんて後始末に飲んだゴアピオール(子宮収縮剤)の錠剤だわ。それもあなたが赤ん坊なんか欲しくないって言うもんだから。愛なんて、キニーネ、キニーネ、キニーネ、つんぼになるまで飲まされたわ。……あなたとはこれっきり、愛もこれっきりよ。あなたのお鼻ぴくぴくの愛なんて、ああ、小説家なんて」(右同訳)

マーサは一月十日キー・ウェストを後にして、車でマイアミに向かった。次の日アーネストは先を急ぐふうにローカル線の旅客機で同じくマイアミに向かった。ニューヨークへ行き、北米新聞連合との取材契約をするのだった。

二人はマイアミで落ち合い、同じ列車に乗った。マーサはジャクソンビルで乗り換え、アーネストはニューヨークへ直行して、北米新聞連合との契約をすませ、マーサには二月下旬フランスへ渡る予定を知らせた。フランスからスペインへ入るのだった。

一旦キー・ウェストに戻り、二月下旬になってニューヨークに出、同行する闘牛士のシドニー・フランクリンと詩人のエヴァン・シップマンと落ち合い、マーサが現われないまま二日後の二月二十七日パリ号でフランスに向かった。

残念ながらマーサは数日遅れた。

愛のマドリード

アーネスト一行はパリに着いたけれど、戦時特派員の補助となっているフランクリンの査証はなかなか下りなかった。フランスはスペイン内乱不干渉主義を唱え、一般人のスペイン入国を極力制限していた。

アーネストは単身南部の都市ツールーズへ行ってエールフランス機をとらえ、スペインの政府機関所在地ヴァレンシアに至った。政府機関から国内旅行の許可証をもらい、公用車に便乗して三月二十日マドリードに達した。

マーサはニューヨークに出てきたが、ヘミングウェイはすでにフランスに向かった後だった。そうと分かってくやしがったものの、彼女はニュース源を貪欲に追い求める冒険心に富み、気落ちはむろん挫折もしなかった。『コリアー』誌の特派員の資格を得たのを幸い、次の便船でフランスへ渡り、ヘミングウェイを追った。パリでフランス政府の査証を得ると、南部の都市ツールーズから南下して国境地帯にあるアンドラ小共和国に至った。陸路スペインに入るのだった。

灰色のスラックスに茶色のジャンパー、ナップザックを背負い、従軍記者の風采に徹し政府軍の兵員輸送列車に便乗してヴァレンシアに至った。同じく陸路をやってきたシドニー・フランクリンに出会い、共に国内旅行の許可証をもらうと、三月三十日車でマドリードに達した。

マドリードは反乱軍に包囲されながら持ちこたえ、市街は半ば要塞化していた。度々砲撃を受け、石造りやれんがの建物も半壊しているのが多かった。が、三月上旬東北の都市ガダラハラの攻防戦で、政府軍は反乱軍を敗走させていた。

マーサはフランクリンの案内で、大通りにあるグランヴィア・ホテルの地下食堂へ行き、アーネストとうまく出会えた。ホテルの破壊もひどく、地下食堂は外国人記者の集会所になっていた。味方の勝利で記者連中は乾杯を繰り返したが、アーネストはマーサの無事到達を喜び、何度も乾杯した。今はマーサは手離せない勇敢な仲間だった。地下食堂を出ると、アーネストは先に立ってフロリダ・ホテルへみちびいた。そこは外国人記者の宿所になっていた。

その夜砲撃はすさまじく、砲弾はホテルの周辺に炸裂した。マーサは恐怖の余り、とび起きて廊下へ走り出た。アーネストは待ちかまえていたように抱きとめ、自分の部屋へ誘った。マーサはおびえ、ひとりではいられなかった。次の夜も砲撃は激化し、マーサはアーネストの部屋へ逃げ込んだ。しばらくして砲声はやんだけれど、アーネストから離れられずに唇を重ねた。アーネストの体内を激情が走り、妻もキー・ウェストも砲声の彼方に消えていた。

街は砲撃を受けて瓦礫の山を築き、惨状はさらにひどかったが、人々は持久戦に馴れ、格別あわてるふうもなく、乏しい食糧を買い求める人々の行列が歩道に長く続いた。マーサはアーネストと街の様子を見て回り、取材活動を始めたが、アーネストの主な仕事は自ら基金を出して設立した「現代史家映画社」の記録映画をつくることだった。映画監督のヨリス・イヴェンスとカメラマン共々連日マドリードの周辺を撮って回った。四月中旬、政府軍が反撃に出ると戦車隊の後を追い、西南高地の稜線に辿りついたものの砲弾が炸裂し、掩兵壕にとび込んだ。

政府軍の反撃を撮り終えた映画班は、間もなくヴァレンシアへ移動した。後に残ったアーネストはマーサと市の北方八十キロ、ガダラマ山地の前線視察に赴いた。四月中旬だった。途中まで旅団司令部の車に乗り、砲兵隊と共に露営したりした。山地にかかってマーサはひるむ様子もなく、アーネストを感嘆させた。

が、敵側からは砲声も銃声も聞こえず、戦況は膠着状態だった。それを見届けて二人は山地を下りた。マドリードに四十数日滞在したけれど戦局に変化はなかった。二人はパリに引き揚げ、別々に帰国した。アーネストはひと足早くパリを離れ、五月十八日ニューヨークに着き、キー・ウェストに戻った。さっそくピラール号でビミニ島へ行ったが、スペイン戦争は終わったわけではなく、身辺は多忙だった。

六月四日、ニューヨークのカーネギーホールにおける第二回アメリカ作家会議に出席して、「作家と戦争」と題する講演を行った。スペイン内乱の現実をとらえ、人間の自由や権利を抑圧するファシズムの下で真の作家は生活し仕事をすることができない旨を強調した。聴衆は三千五百名で大盛況だった。さらにマーサは別の会場で「スペインでたたかう作家たち」という報告を行った。

マーサは『わたしの見た苦難』の著作以来大統領夫人と昵懇だった。マーサの企てでドキュメント映画「スペインの大地」の試写会をホワイトハウスで行い、ルーズベルト大統領夫妻に感銘を与えたが、アーネストはそれで満足せず、イヴェンスと映画を持って西海岸へ飛んだ。ハリウッドの映画関係者の間で試写会を行い、共和政府軍支援のため傷病兵運搬車の購入資金を募った。一万七千ドル余り集まったがアメリカのスペイン内乱不干渉主義に阻害され、運搬車は購入してもスペインへ送れず、やむなく募金はアメリカ・スペイン民主主義友好協会の医務局基金とした。

その間にスペインの戦局は急変していた。

マドリードの西方三十キロ、ブルネテの町を占拠していた政府軍は逆襲を受け、町は奪回された。アーネストはラジオニュースを聞いてビミニ島からキー・ウェストに戻り、急いでニューヨークに出た。途中でセント・ルイスのマーサに電報を打ち、ニューヨークで落ち合った。

アーネストは八月十四日出帆のシャンプラン号をとらえ、マーサは二日後出帆のノルマンディ号に乗り、別れてフランスに向かった。二人ともゴシップ種になるのを恐れたのだ。二人はパリで落ち合い、『ニューヨークタイムス』の特派員ハーバート・マシューズと共にマドリードに赴いた。ただちに取材活動を始め、軍用トラックに乗って東北方アラゴン地区の戦線を視察した。

政府軍は同地区にあるベルヒテの町を奪回して、戦局は有利に展開していた。ベルヒテの町まで三百数十キロ、そこから南下してテルエルの町付近の高地に達した。

すでに十月に入り、高地では雪が降った。アーネストは持参したウィスキーを飲んでは体をあたため、マーサは厚いジャンパーを着、寒気にめげず、高地の拠点を見て回った。頂上の監視哨から眼下にテルエルの町が見え、町は依然反乱軍に占拠されているものの、城壁の内外は静かで、軍隊の動く気配はなかった。

戦争はまだ先のことと判断して、三人はそこから引き返しマドリードへ帰った。

マドリードは以前と変わらず平静を保ち、大通りにあるなじみの酒場、チコーテの店も混んでいたが、客種は一変していた。アーネストはそれを次のように書いた。

「チコーテの古顔の常連は大半フランコ側につき、何人かは政府軍側についている。酒場はとても愉快な場所だった。そして本当に愉快な連中は一番勇敢で、一番勇敢な人間は真っ先に戦死した」（「告発」）

そして酒場に現われた古い常連の一人はファシストで、スパイと分かり逮捕される。間違いなく射殺されることだろう。

フロリダ・ホテルは異常もなく平静で、アーネストはマーサと二間続きの部屋で暮らす一方、最初の戯曲『第五列』を書いた。「第五列」とは、一九三六年秋、マドリード攻略を企てたエミーリオ・モーラ将軍の公表に依るもので、同将軍は四縦隊をつくって進撃するのと同時に、秘密の謀略部隊として「第五列」のマドリードにおける活動を明らかにしたのだった。

戯曲の主人公フィリップ・ローリングは英国の戦時特派員の名目ながら、共和政府軍に属する反スパイ工作員で、肩幅が広くゴリラのように歩き、多分に作者の自虐的映像である。女主人公のドロシー・ブリッジスは『コズモポリタン』誌の戦時特派員でブロンド髪の美人、マーサのイメージがあって、二人はアーネストとマーサと同じように、フロリダ・ホテルでの同棲生活をしているので、愛の場景は重なり合って興味深い。最初の場面は次のようだ。

ドロシー　悲観するようなお話はしないで、あなた、一緒にわたしたちの生活を始めたばかりなのに。

フィリップ　わたしたちの――？

ドロシー　一緒のわたしたちの生活よ。フィリップ、サン・トロペ（地中海岸の港町）のような所で、ねえ、どこかあのサン・トロペのような所よ。そんな所で長く幸福で静かな生活を送り、遠くまで散歩をして泳ぎに行き、子供をもうけ、あれやこれやと幸福になりたくなくって？　わたし、ほんとなのよ、こんなこと終わらせたくなくって？　ほんとよ、戦争や革命ってこと。

フィリップ　そして朝食に、『コンチネンタル・デイリー・メール』紙を読み、新鮮ないちごジャムをつけてブリッオッシュのパンを食べるのかい。

ドロシー　ねえ、あなた、ハム・エッグを食べ、お望みなら『モーニング・ポスト』紙をお読みになれるわ。そしてみんなご夫妻というわ。

もうひとつの場面――

ドロシー　まあ、いつだってあなたを愛してるわ。それにあなたはとてもいい感じよ。

雪が冷たくなって溶けないものなら、吹雪のような感じね。

フィリップ　昼間はきみが好きじゃないんだ。昼間は何もかも好きじゃないんだ。いいかい、何か外のことが言いたいんだ。結婚してくれるか、いつ一緒にいてくれるか、ぼくの行く所ならどこへでも行くか、ぼくの恋人になってくれるかい？　ぼくの言ってること聞こえるかい？　分かったかい？

ドロシー　あなたと結婚したいわ。

このドロシーは、『武器よさらば』のキャサリン・バークレーと同列の、ひたむきな愛に生きる作者好みの女性像だが、残念ながら彼女は秘密工作活動をするフィリップの正体を知らず、夜通し外にいて家に帰らないばかりか、泥だらけのだらしない風態に嫌悪感を抱き、たちまち気性のはげしいアメリカ女となって、次のようなセリフを吐きすてるようにいった。

さあ、ここから出ていってちょうだい。うぬぼれの強い、うぬぼれの強い酔っぱらい。滑稽で尊大ぶって、気取って、ほら吹き。……

四年後の一九四一年、第二次大戦におけるヨーロッパの戦線が拡大し、アメリカが参戦すると、アーネストとマーサはライバルの従軍記者となって争い、結婚生活は破綻した。戯曲の終末はそんな二人の愛の破滅をそっくり演じているようで、皮肉だった。

しかし今はスペイン戦争の真っ最中だった。マーサはアーネストと一体となって戦争へとび込み、別れるはずもなく、政府軍がテルエルの町を奪回すると、二人はフロリダ・ホテルの生活を切り上げ、軍司令部のあるバルセロナへ移った。

次いで軍用列車に乗ってヴァレンシアまで南下した後、西へ百数十キロ、軍用トラックでテルエルの町を取り巻く高地に達した。天候が悪化し風雪が襲い、前回高地にきたときよりも寒気はきびしかった。頂上付近の掩兵壕へもぐり込み、こごえそうになって観戦した。そして毎日ヴァレンシアに戻り戦況を打電した。

戦闘は七日間続き、政府軍の戦車は町に突入した。戦車の後から従軍記者が町へ入り、アーネストは町の様子を次のように書いた。

「住民は、わたしたちこそ待ち受けていたものだといった。ファシストは町から離れるのを禁じていたので、政府軍から避難勧告が出た時までは、地下室や洞穴に隠れていたのだといった。政府軍は町を軍事目標としただけで砲撃はしなかったとも住民たちはいった」（「テルエルの陥落」一九三七年十二月二十三日付）

戦局は有利に展開したので、アーネストはマーサとバルセロナへ引き揚げた。すでに厳冬の季節に入り、作戦行動は取れそうもなく、先を見越すと、マーサは現地報告会を開くためパリ経由で帰国した。アーネストはパリに残ったものの、妻のポーリンが突然現われて混乱した。

たたかいの終わり

ポーリンは夫からの便りがなく、いらいらが募った。ばかりかマドリードでマーサと撮った写真を見つけ、二人の仲を疑い、十二月二十二日までにパリへ来るという夫からの電報を受け取ると、居たたまれずにパリへやって来た。外国人記者のよく泊るエリゼ・ホテルで夫に出会った。

アーネストは長い不在を重ね、妻との仲は冷えきっていた。とはいえポーリンは置き去りにされたくやしさが手伝い、ホテルの窓から飛び下り自殺をする仕草をして夫をおびやかした。前妻のハドレーとちがい、アーネストを略奪したポーリンの気性は激しかった。

年を越してから、一月中旬（一九三八年）ポーリンは夫と帰国してキー・ウェストに戻ったけれど、アーネストの心は妻から離れていた。

彼は金持ちの妻に守られ、気力や意欲を失っていく予感におびえた。そんな作家の運命を「キリマンジャロの雪」で書いた。主人公の作家のハリーは、「金持ちのいやらしい女、親切な世話やきでおれの才能を破壊した奴」といって金持ちの妻をののしった。おまけに妻のポーリンは身ごもってはならない虚弱体質だった。夫婦生活もお終い、二人の間に寒々とした風が吹いている。

二月が過ぎ三月に入ると、フランコ軍は大攻勢に転じ、スペイン内乱は決戦の様相を呈してきた。

アーネストはセント・ルイスのマーサに電報を打ち、妻とニューヨークへ出たが、妻を残して、フランスに向かうイル・ドゥ・フランス号に乗った。

マーサは帰国後生地のセント・ルイスを中心に大学や婦人会で、スペイン内乱の現地報告を行っていた。が、アーネストから電報が届き、ニューヨークへ出て便船をとらえアーネストを追った。

二人はパリで落ち合い、汽車で国境の町まで行き、さらに車で軍司令部のあるバルセロナに達した。

フランコ軍はナチス・ドイツの義勇兵の増援を得て、攻撃は猛烈を極めた。西南部カタルニア地区を包囲し、先頭部隊はエブロ川に沿い、地中海岸を目指して進撃する一方、イタリア空軍は敵の部隊の集結する町や村を爆撃した。政府軍には空軍もなく、明らかに劣勢で、一度奪回したテルエルの町も再び反乱軍に占領された。

アーネストはマーサと軍用トラックに乗って、早朝バルセロナを出発した。百数十キロ南下してエブロ川の下流地帯に至り、塹壕の兵隊に交じって戦況を見届け、空襲をさけるため夜になって戻った。そして翌早朝再び前線に向かった。

「エブロ川を確保する戦闘が始まるだろう」（一九三八年四月十八日、エブロ川にて）と現地報告をした翌日、反乱軍はエブロ川のデルタ地帯の漁村ビエナロスに入り、地中海岸に達した。

政府軍は分断され、アーネストは気落ちして、マーサとパリへ引き揚げた。北米新聞連合との契約期限も切れ、五月下旬、マーサと別れて帰国したが、マーサは『コリアー』誌の特派員としてチェコへ飛び、彼女の取材活動はめざましかった。

ナチス・ドイツはオーストリアへ軍隊を送り、同国を併合していた。次いでチェコスロヴァキアの西部ズデーテン地方に住むナチス党員を支援し併合しようとする勢いだった。

チェコは軍隊を動員し、戦争の危機さえはらんでいた。マーサはチェコの国内を歩いて情況をたしかめ、現地報告を次のように書いた。

「チェコは形の悪い爪のようなかっこうをした国で、頭部（ズデーテン地方）はドイツにおさまっている。オーストリアがドイツに併合（一九三八年三月十二日）されてから、三方をナチス・ドイツに囲まれている。……チェコの悲劇は、（ナチス・ドイツにとって）邪魔になっていることだ。陰鬱な行列が続くなら、中国、エチオピア、スペイン――次はチェコスロヴァキアである」（八月六日付）

マーサが述べた通り、陰鬱な行列は続き、翌一九三九年三月、ナチス・ドイツはチェコの抵抗を排除して同国を併合した。

マーサはパリに舞い戻ったけれど、英国へ渡り、あるいはフランスの南部を歩き回り、戦争への危機意識をさぐった。切迫した気配はなく、パリに戻ると、パリも平穏で、後にマーサはドキュメントふうの小説『戦場』（一九四〇年）を書いたが、平穏でなつかしいパリの一情景を小説で次のように描いた。

ウエバーの店のテラスでジョンとコーヒーを飲みながら、彼が『オート』紙を読んでいるのを眺める。そして彼は読むのをやめ、あなたが自分を眺めているのを見て微笑し、ホンのちょっとだろうが日光の中で手を握り合い、それから彼はサル・ワグラムでのボクシング試合の記事を読み続ける。そしてあなたは秋の衣服になにかいい着想はないものかと、通りすぎる婦人たちを眺め、朝食後腕を組んでロイアル通りを歩き、高級店は全部ウィンドウの前で立ち止まる。

小説の女主人公で女性ジャーナリストのメアリー・ダグラスはパリにいる恋人のジョンを訪ねてくるが、パリの情景のジョンは多分にアーネストのイメージだろう

帰国したアーネストの身辺にはむろんパリの平穏はなく、彼はマーサと別れた空虚を埋めるため、ニューヨークへ行き、ヘビー級の世界チャンピオン・タイトル試合を観戦した。世界チャンピオン、「黒い爆撃機」ことジョー・ルイスは、挑戦者のシュメリングを第一ラウンドでノックアウトした。試合観戦の興味をそがれたものの、ルイスの強烈なパンチに圧倒されてキー・ウェストに戻ると、折悪しくピラール号はドックに入っていた。今度は、「スロッピー・ジョー」の主人ラッセルに持ち船のアニタ号を出させ、ハバナ沖でマ

ーリンを追った。が、釣り当てた巨大魚を雇った船員の漁夫は取り逃し、アーネストは激怒した。

キー・ウェストに戻っても激怒はおさまらず、三十八口径の護身用大型ピストルを持ち出し、閉まったままだった仕事部屋のドアーの鍵穴目がけて数発撃ち込んだ。鍵をこわして入り、ポーリンはおぞ気をふるった。

マーサと別れた空虚は埋まりそうもなかった。夏には妻子を伴い、なじみのノードクウィスト牧場へ赴いたが、予定の仕事を終えた八月末、アーネストは妻の反対を振り切り、再びニューヨークに出、フランスに向かうノルマンディ号に乗った。

パリではマーサが待っていた。そしてスペインでは依然戦争が荒れ狂っていた。


フランコの反乱軍はエブロ川の下流地帯を制圧していた。共和政府軍は大部隊を集結して反撃を試み、反乱軍を対岸へ撃退したけれど、政府軍の優勢はそれまでだった。アーネストが十一月上旬マーサとバルセロナに至った時には、司令部に入ってくる情報は前線における苦戦ばかりだった。

二人は前回と同じように早朝バルセロナを出発して前線に向かった。エブロ川の陣地に辿りついたが、政府軍の陣地はすでに沈黙していた。二人は陣地を抜け出し、泥まみれの兵隊と共に後退した。

国際旅団も敗退して、十一月十五日（一九三八年）ついに解散した。アーネストは退去する時機がきたのを悟ってマーサとパリへ引き揚げた。そしてマーサと別れ帰国したが、翌年の春頃ハバナのマンドス・ムンドス・ホテルに滞在してマーサを待ち、スペイン戦争を題材とする長編の執筆に全力を注ぐつもりだった。

一方マーサは帰国はせず、再びチェコのプラハへ飛んだ。チェコのズデーテン地方に進駐したナチス・ドイツ軍は、チェコ政府に対して軍隊の解体を迫り、チェコは潰滅の危機に瀕していた。マーサは最後の航空便をとらえ、混乱するチェコから脱出してパリに舞い戻った。そして帰国したが、彼女もまたヨーロッパの実情を題材にしたドキュメントふうの小説を書く熱意を抱いていた。

しばらくセント・ルイスの生家にとどまり、『戦場』と題した作品の草稿をまとめた四月上旬（一九三九年）、ニューヨークへ出、海路ハバナに至った。アーネストとうまく出会い、もはやそこに戦争はなく、初めて落ち着いた気分に浸った。アーネストの名声にもくるまって、マーサは畏敬する作家から離れることはなく、きゅうくつなホテル住まいをきらい、ハバナの郊外サンフランシスコ・デ・パウラの高台にある白亜の邸宅に移った。

邸宅の敷地は十五エーカーもあって広く、付近一帯の丘陵地は「見張り農園《ラ・フィンカ・ビヒア》」と呼ばれ、ハバナの街と沖合いの海がよく見えた。ヤシやバナナの木が茂り、熱帯性の花が咲き競い、邸宅は豪奢な感じさえしたが、いくらか古く、空き家になっていたのを月百ドルで借りた。マーサは共同生活者の自負をくずさず、家賃は折半とすることとした。

そしてアーネストは全力を傾ける長編の執筆に没頭し、妻子をキー・ウェストに置き去りにする罪つくりな破綻の人生を突き進んでいた。

愛の破局ふたたび

ポーリンとの結婚生活はついに破滅しなければならなかった。発端はキー・ウェストに小児麻痺が流行したことだった。ポーリンは息子への感染を恐れ、夏前二人の息子を連れてニューヨークへ移った。東五十丁目のアパートに住み、息子は付近の小学校へ通い、夏の休みに入ると、コネティカット州の林間学校へ行く一方、ポーリン自身は友人夫妻に誘われヨーロッパへ出かけた。

アーネストも同じように夏の間ワイオミング州のノードクウィスト牧場で過ごすため、マーサとフェリーでキー・ウェストへ渡った。キー・ウェストに妻子はいなかった。マーサと車で牧場に向かい、途中セント・ルイスでマーサを降ろし、単身牧場に赴いた。

林間学校はすでに終わり、二人の息子は実家の下僕トビーの運転する車で牧場にやって来た。続いてヨーロッパ旅行から帰った妻のポーリンも現われ、家族は一緒になったものの、アーネストの心は妻から離れていた。おまけにポーリンは風邪を引き、なかなか起き上がれなかったけれど、アーネストは看病もせず、やっと起き上がる妻を待っていたように早い帰宅を促すのだった。息子の小学校の新学期は間もなく始まる。

ポーリンはやむなくトビーの運転する車で息子と牧場を後にした。アーネストは去っていく妻を見送ったが、妻を見たのはその時までだった。翌日現われたマーサと西に向かいドライヴして、山地帯を横切り、隣州のアイダホ州にあるリゾート地のサンヴァレーに至った。

サンヴァレーは、とりわけ冬はスキーのレジャーセンターとして有名だが、北欧ふうの豪壮なホテルがある。二人は秋から冬にかけて滞在し、野鳥を撃ち、渓谷地帯の騎馬旅行を試みた。

が、ヨーロッパの情勢は険悪を極めていた。その年（一九三九年）、マドリードは陥落してスペインの内乱は終わったけれど、九月に入ると第二次大戦が勃発した。ソ連はフィンランドの国境地帯に進出して同国を威圧した。十月中旬、マーサは『コリアー』誌から現地報告の依頼を受けて承諾すると、アーネストは浮かぬ顔をした。ひとり後に残るわびしさが襲ったばかりか、マーサと結婚する思惑ははぐらかされ、マーサはまたしてもひとりとび出していくのだった。

マーサはサンヴァレーへの最寄り駅から汽車でニューヨークへ出、十一月十日ニュー・ジャージー州のホボケン港からオランダの貨物船に乗った。

それは危険な航海だった。

英国の沿岸海域に進むと、海上に浮かぶ機雷の数がふえる一方、船内のラジオは敵潜水艦に撃沈された商船のニュースを伝えていた。十一月二十九日ベルギーのオステンド港に着き、無事の電報をアーネストへ打った。オステンドからフィンランドのヘルシンキへ飛び、前日同市は最初の空襲を受け、市民は緊張していた。着いた翌日も朝からサイレンが響き、マーサも初めてのように戦争を感じて緊張した。

しかしマーサはスペイン戦争に参加し、第一線のジャーナストを自負して勇敢だった。軍用車に便乗して、南部戦線の国境地帯に至り、凍えそうな寒さだった。敵の陣地とは一キロ程の距離しかなく、塹壕にもぐって敵状を観察すると、夜間砲撃が始まり、マーサは退避を命じられた。

ヘルシンキでは、スペイン同様物資は不足しているらしかったが、国民の結束は固く、国土はどこまでも続く森林と積雪に守られ、政府は断乎抗戦の構えをくずしていなかった。アーネストからは安否を気遣う電報が届き、マーサは次のような愛の返事を認めた。

「書物を書かなければ、わたしたちの仕事は無駄な骨折り損です。あなたを愛しているように、わたしはあなたのお仕事を愛し、あなたがわたしであるように、あなたのお仕事もわたしの仕事なのです。……」

「あなたのおそばを離れるつもりはありません。あなたはご自分の望む所へはどこへでも行っていいのですし、好きなことは何でもやっていいのです。ただわたしもどうかご一緒に」（十二月四日付）

マーサはスウェーデンに入り、空路パリ経由で中立国のポルトガルに至り、翌年早々リスボンからクリッパー機で帰国した。

その間にアーネストとポーリンの夫婦の仲は緊張していた。アーネストはクリスマスを妻子と過ごすつもりで、キー・ウェストへ便りをすると、ポーリンは反発して、「マーサと一緒にいるような人とは会いたくもない」と、マーサの名前を挙げ、拒絶した。

ハバナでマーサと一緒に暮らしているという噂はポーリンの耳にも入っていた。が、前妻のハドレー同様に夫が戻ってくるのを願い、屈辱に耐えたものの辛抱も限界にきていた。アーネストは家僕のトビーをピゴットの実家から呼び、十二月十日トビーの運転する車でサンヴァレーを後にした。キー・ウェストに着くと、ポーリンはニューヨークへ出かけ、二人の息子は家政婦と留守番役をやっていた。

キー・ウェストの暮らしもお終いだった。アーネストは身回品始め衣類をトランクにつめ、アフリカ狩猟の獲物の剝製と一緒に「スロッピー・ジョー」の地下倉庫に預ってもらった。二人の息子を連れ、十二月二十四日（一九三九年）フェリーでハバナへ渡り、ついにキー・ウェストを去った。

年が明けてマーサはハバナに戻り、二人の息子の世話をしていたが、冬学期が間もなく始まる。二人の息子をフェリーに託してキー・ウェストの母親の許へ返し、アーネストは長編の執筆に全力を傾けた。スペイン戦争を題材とする大作『誰がために鐘は鳴る』は七月になって脱稿したけれど、ポーリンとの結婚生活は破綻していた。ポーリンは結婚義務不履行を理由とする離婚訴訟をマイアミ裁判所に起こし、裁判所は九月上旬に認可した。夏以来サンヴァレーに滞在していたアーネストは認可の通知を受け取ったが、認可には十年間子供の養育費として月五百ドルを支払うという条件がついていた。それは彼にとっては負担で、金持ちの女の貪欲な要求をいまいましがった。

『誰がために鐘は鳴る』は一九四〇年十月二十一日出版され、十一月四日AP電は作者の離婚を伝えた。待っていたように、アーネストはサンヴァレーへやって来たマーサとワイオミング州の主府シャイエンへ行き、治安判事の前で結婚の手続きを取った。ハネムーンをニューヨークで過ごしてからキューバへ帰り、ハバナに落ち着いた。

ポーリンは離婚後もキー・ウェストに住み、婦人服飾店を開いていたが、十一年後の一九五一年九月ロサンゼルスに妹のジニーを訪ね、二日後の十月一日午前一時頃激しい腹痛を覚え、病院に運ばれたが三時間後に死去した。後にマイアミ大学の医学部へ入った三男グレゴリーの検証によると、死因は好クローム性細胞腫、副腎の異常腫瘍だった。享年五十六歳、ヘミングウェイの四人の妻たちのうちでは一番若くこの世を去った。ポーリンの死を知って、ヘミングウェイはさすがに哀悼の心を隠しきれなかったが、「誰もが死ぬように、死の運命通りに死んでいたんだ」と語り、努めて平静を保った。

戦争そして中国へ

日中戦争

アーネストは一九四〇年十二月下旬フィンカ荘に落ち着き、宅地を邸宅と共に一万八千五百ドルで購入した。彼は初めてマーサと暮らす安住の地を手に入れたが、彼の人生には家庭的な平穏な日日はなかった。マーサは『コリアー』誌の依頼を受け、中国方面の現地報告をするため、たちまちフィンカ荘をとび出していくのだった。

中国は四年来日本と戦っていた。首都を揚子江上流の重慶へ移し、徹底抗戦の構えはくずさないが、日本は日独伊三国による軍事同盟を結び、勢いに乗じて南太平洋方面に進出してくる懸念があった。重慶政府を支援しているアメリカにとって、中国方面の現状認識は欠かせなかった。

ヘミングウェイとマーサ（ニューヨークにて、1940年頃）
（A. E. ホッチナー『ヘミングウェイとその世界』より）

現地報告とは別に、東洋、とりわけ中国はマーサにとっては、幼少の頃から心の中で描いていた神秘的で珍奇な絵のような国であり、新しい発見を求めるロマンチックな冒険の旅を始めるのだった。

アーネストに同行を促したものの、アーネストに東洋への関心はなく、せいぜい記憶にあるのは医者だった叔父のウィルが上海で医療伝道を行っていたことぐらいだった。叔父はチベットに潜入し、ダライ・ラマに会ったことがあり、幼いアーネストにとってウィル叔父は一種の英雄だった。が、今はそんな記憶も役立たず、結婚したばかりで、矢庭に置き去りにされての独り暮らしはわびしすぎた。とはいえニュース源をどこまでも追っていく妻というより第一線のジャーナリストを目指すマーサの野心を押さえられそうもなかった。とまれ彼女は自立している以上生活費をかせがなければならないのだった。

アーネストはやっと同行を承諾して、創刊したばかりのタブロイド版『PM』紙へ、同じく中国での現地報告を載せる契約を取りつけた。

アーネストは妻と十月二十七日（一九四一年）ニューヨークへ出、そこから空路ロサンゼルスを経由してサンフランシスコに至った。サンフランシスコから海路ホノルルへ行き、パンアメリカンの長距離旅客機をとらえ、グアムを経由して二月中旬香港に達した。マーサは単身中国機に乗ってビルマ（現ミャンマー）へ飛び、ビルマ公路を空から観察した。

ビルマ公路はビルマの東部、鉄道の終着駅ラショーから国境の山岳地帯を越え、中国の雲南省に入り、昆明を経て重慶に達する千数百キロに及ぶ自動車道路である。アメリカからの救援物資を輸送するルートなので、日本軍は途中の橋梁を爆撃した。公路の分断を狙ったが中国軍は多数の苦力《クーリー》を集め、橋梁を修復し、救援物資の輸送に支障はなかった。

マーサはラショーまで行って引き返し、香港にはひと月余り滞在した。中国側機関から内陸部旅行の許可証がなかなか下りなかった。

香港はアーネストにとって愉快な場所だった。億万長者の富豪たちに招かれ、会食には抜け毛を防ぐのに効き目のある蛇酒（酒壜の底に小蛇がとぐろを巻いている）を飲んで上機嫌に酔っぱらった。軍閥の将軍、警察の幹部、英国人のパイロット始めさまざまな人々と付き合い、庶民の間に入り込んでよくしゃべった。後にマーサとビルマで別れて戻ると億万長者の富豪はアーネストに三人の中国人の美女を当てがい、彼は美女たちと一夜を過ごした。なんとも奇妙な男尊女卑の国だった。

反対にマーサにとって香港は空恐ろしい土地だった。せまい通りは人々でごった返し、喧騒と混雑と無秩序がマーサを混乱させた。かつて描いた心の絵は消え失せ、そこは最低で最悪の国だった。苦力は路上に寝るか、横通りの阿片窟で三粒十セントの阿片を吸っていた。悪臭が漂い、マーサはさっさとこの土地から逃げ出したい衝動に駆られた。そんな見聞を次のように書いた。

「大賭博師の中国人は麻雀《マージャン》店に一時間一セント払い、二セント賭けて勝負をしていたが、誰も真剣で一言も口をきかない。夜になると、街はごろ寝の人間でいっぱいだった。売春宿は木造の四角な小部屋で、せまい通りにずらりと並んでいた。一人二ドル。犯罪なのはもぐりの物売りで、彼らは税金が払えなかった。こんな人々が真の香港で、これはどうにもならない貧困だった。……」（『私ともうひとりとの旅』）

薄暗い地下工場では、十歳にもならない子供が土産物用の小さな亀をつくっていた。それは奴隷工場だった。マーサは見るに耐えず、地下工場から逃げ出したいぐらいだった。

しかし中国の取材旅行は今始まったばかりだった。三月下旬、香港から中国機で一時間半ばかりの南雄《ナンシュン》へ行き、連絡将校の古シボレー車で師団司令部のある詔関《シャオカン》に至った。師団長始め幹部将校の歓迎を受け、幹部候補生の教育機関を見学した。そして駐留しているのは国民党直系の第十二路軍だった。

それから数日間連絡将校の案内でトラックに乗り、前線に向かった。雨がよく降った。トラックの車輪は泥道にめりこんで動かず、やむなく降り泥だらけになって歩いた。詔関でもどこでも旅舎には水道がなく、顔も洗えなかった。恐ろしく寒いのに蚊や蝿が多く、木のベッドには南京虫がいた。まさに最低で最悪の国だった。床の隙間から這い出す南京虫を見てマーサは旅を切り上げ、再び逃げ出したい衝動に駆られた。アーネストは腹立たしく南京虫を靴で踏みつぶした。マーサの紀行記『私自身ともうひとりとの旅』にはそんな情景がある。

案内役の将校は騾馬を提供した。騾馬は小きざみに進んで行程ははかどらないが、その日前線の司令部に達し、兵舎に宿泊した。三キロ先の高地には日本軍がいたが、戦機は熟さず、音もなく静かだった。

次の日司令部を後にして帰途に就いた。途中で騾馬を乗りすて、三板《サンパン》を引く川蒸気で川を下り詔関に舞い戻った。

泥だらけの旅はやっと終わり、詔関から汽車で桂林へ行き、そこから空路重慶に至った。重慶は岩山の上に出来上がったような町で、空港は揚子江の中流の小島だった。急なせまい石段道を上がって町へ入り、蔣介石を公館に訪ねた。

蔣介石は髪の毛がうすく禿げ上がっていたものの、筋肉質で灰色の軍服を着、頑健な印象を与えた。夫人の宋美齢と二人を歓迎した。夫人はアメリカで教育を受けたので英語をよくしゃべり、日本軍の攻勢はさして気にはしていない反面、蔣介石は広東地区における共産軍の情勢を聞きたがった。共産軍の勢力が増大すると、中国は内乱状態に陥る。

奇妙だったのは市場で出会ったオランダ人の婦人が、共産党員の周恩来の隠家《かくれが》に二人をみちびいたことだった。オランダ人の映画監督ヨーリス・イヴェンスは一九三八年中国でドキュメント映画の撮影を行い、周恩来はこのオランダ人の知人でもあった。陋《ろう》巷の迷路のような裏通りを進んだ果ての一家屋に周恩来は住み、テーブルと椅子しかない白壁の部屋で三人は対面した。マーサによると、周恩来はなかなかの人物で、それまで会った中国人のうちでは最高の人物だった。

いつの間にか二か月余り経ち、取材活動を切り上げていい時がきた。アーネストはいちど軍官学校のある北の成都まで行ったが、引き返して、マーサと空路ビルマに入り、ラショーから首都ラングーンに至った。マーサはそこからジャワ島へ飛ぶはずで、アーネストは別れて帰途に就いた。香港に舞い戻り、パンアメリカン機をとらえ、マニラ、グアム、ミッドウェイ、ホノルルを経由してロサンゼルスに至り、五月中旬ニューヨークに帰着した。

マーサはジャワ島の油田地帯の視察を終え、帰途シンガポールに立ち寄り、「最低で最悪の国」の旅が終わったのを喜ばないわけにいかなかった。たしかにそこは文明国の前線基地で、戦争の匂いはなく、マーサはパーティーに招かれ、アメリカに帰った気分になって、六月初めニューヨークに帰着した。

シンガポールに戦争の危機感はなかったけれど、現地の臆測では日本軍は不足する燃料資源を確保するため、南進してジャワやスマトラの油田地帯を占領する。それには先ず防備の手薄なシンガポールを叩き、太平洋の制海権を得るのだった。

現地の臆測はまちがってはいなかったが正確とはいいがたく、アーネストとマーサが帰国したその年（一九四一年）十二月七日（現地時間）、日本軍はシンガポールを叩く前にハワイの真珠湾へ奇襲攻撃を加えた。同湾に碇泊していたアメリカ艦隊は壊滅的な打撃を受け、太平洋戦争は勃発した。

ヨーロッパはすでにナチス・ドイツの制圧下にあって、パリは占領されたばかりか、ドイツ軍は大西洋岸に迫った。東洋とりわけ中国から離脱したアーネストは、勢いヨーロッパの情勢に関心を寄せないわけにいかず、アメリカ本土の戦時体制に敏感に呼応した。それは『誰がために鐘は鳴る』以降の空白を埋める、待っていたような戦争参加で、第一次大戦とスペイン戦争をくぐり抜けた戦争作家の意欲もひとりでに昂ぶった。

第二次世界大戦

アーネストはスペイン戦争における「第五列」にならい、反スパイ活動のネットワークをつくった。アメリカ側の情報を敵側に伝える危険分子を排除するのだった。教会の司祭始め波止場人夫、酒場の給仕、商売女などを掻き集め、秘かに諜報員として、本部を自宅のガレージを改造した場所にすると、暗号名は「泥棒工場」だった。どこからか情報を盗《と》ってくるのだ。情報を大使館に通報したが、おかしな連中が出入りするのでマーサは不快がった。

ドイツ潜水艦の商船無差別攻撃が始まると、諜報活動だけでは満足せず、ピラール号を改造してQボート（囮船《おとりせん》）に仕立てるため、ブレーデン大使に懇請して武器弾薬を供給してもらった。乗組員は前に雇った航海士に亡命スペイン人、冒険好きなハイアライ選手、それに舵輪を握るアーネスト、外に無線技手などを交え七名だった。

その年（一九四二年）の夏からキューバ近海を巡航した。幸か不幸か敵の潜水艦には出会わず、配給の燃料があるのを幸い、夏休みにやってきた三人の息子を乗せ、メキシコ湾流でマーリンを追った。

マーサはヨーロッパの戦争にまともにぶつからない夫に、失望していた。のみならず二か月も潜水艦狩りに従事して入浴もせず、汗くさく不潔だった。帰ってくると、なじみの酒場「フロリディータ」に入り浸って、取り巻き連中と酒を飲み、泥酔した。まさに『第五列』で自ら描いたように、アーネストは酔っぱらいの無頼漢だった。

マーサは『コリアー』誌から依嘱され、カリブ海方面の取材旅行に出かけた。ハイチ島を振り出しに島々の戦時下の様子をたしかめ、ブラジルの北端まで行った。その頃同方面の海域では、二か月間に七十一隻の商船が撃沈されていた。

カリブ海の取材旅行から帰った翌一九四三年秋、今度は『コリアー』誌の戦時特派員としてロンドンへ渡った。


ロンドンは亜熱帯の明るいハバナに比べ、仄暗く、寒さも身に沁みた。風邪を引き、アーネストからの便りもなく、わびしくなって、「なんでもいいからお便りください」と訴える手紙をマーサは書き、さらに参戦へと夫の奮起を促す次のような手紙も書いた。

「ここでは際物ではない、ひとつの記録のために、あなたを求め叫んでいるのです。どうかそのことを本当に真剣にお考えくださいませんか。あなたがいなくて淋しく、ここにいて欲しいと思うばかりでなく、あなたと一緒に戦争を分担しないのがくやしいので申しているのです。……この戦争を見過ごすなら、わたしたち二人にとってとんでもない誤ちになるでしょう」(十二月十二日付)

アーネストはいくら促されてもハバナを離れる気はしなかった。彼は『誰がために鐘は鳴る』によって文名を高め、有名人の座に居坐り、妻の後を追って戦争にとび込んでいく必要はなかった。アーネストからそんな返事がきてマーサは落胆した。

しかしジャーナリズムの使命に徹するマーサは、自身について落胆しないどころか、自負にあふれた次のような手紙を書いた

「何はともあれ、わたしはアメリカの侵攻の一部となって、真っ先にパリを見、平和を

眺めたいのです。あなたがご自分の道を行くのと同じく、わたしはわたしの道を生きなければなりません。それがなければあなたを愛する自分はもはやないでしょう。フィンカの周りに大きな見事な石壁をわたしが造り、石壁の中にわたしが坐っていたら、本当にあなたはわたしを欲しがりはしないでしょう」(十二月十三日付)

マーサの自意識はアーネストの意識をとびこえて飛躍していた。そしてロンドンとハバナは遠く、二人の仲を一層疎遠にさせた。

アーネストはフィンカの周りに石壁を造り、マーサをその中に坐らせておきたかった。潜水艦狩りの巡航から帰って来ても、マーサも誰もいない部屋は寒々としてわびしかった。勝手にとび出して行って戻らないマーサを呪い、「お前は従軍記者かおれのベッドの妻か」という辛辣な電報を打った。揚句には「フロリディータ」でダイキリ酒を飲み、泥酔して酒量がめっきりふえた。

マーサは従軍記者団と南フランスへ渡り、イタリアの国境付近まで行った。アメリカの大陸侵攻作戦が取り沙汰されていたが今のところその気配はなく、マーサはロンドンに戻り、翌一九四四年三月ハバナへ帰った。

アーネストは妻を喜んで迎えるどころか、態度を硬化させていた。夫の自分を置き去りにしてとび出して行ったマーサは、妻というより自分を平気で置き去りにする不埒な雑誌記者だった。憤懣は収まらず、いら立つアーネストとの経緯を評伝作者バーニス・カートによると、マーサは次のように語った。

アーネストは、言葉はそんなに強くはなかったが、わたしに向かってたちまちやたらにしゃべり始めたのです。眠ろうとすると、おどし文句をいい、わたしをなぶり者にしてどなり、眠らせなかった。——わたしの罪は、自分が行きもしなかった戦争にわたしが行ったことだったが、アーネストはそんなことは口にしなかった。思うにわたしは正気を失い、ただ熱狂的な興奮と危険が欲しかったのです。誰に対しても責任はなく、並はずれて利己的であった。……それは押さえようもなく、正直のところ恐ろしく見苦しかった。それでもわたしは（戦争へ）戻って行くのだとはっきりいってやりました。……

マーサの自負心は依然強く、いら立つ夫に立ち向かうと、アーネストの敵愾心は急速にめざめた。目の前に立ちはだかるマーサは、ライバルであり敵ともなって、独善であろうと利己的であろうとその敵と戦い、敵を倒さなければならなかった。彼はただちに『コリアー』誌に申し入れ、戦時特派員の契約を結んだ。戦時特派員は一社一名に限るので、勝手にとび出して行こうとするマーサの出鼻をくじいたのだった。同誌の専属同様だったマーサは、自然戦時特派員の資格を失わないわけにいかないが、今や取材活動のライバルとなるマーサの身の処置まで考える必要はなかった。

マーサとの結婚生活の破綻もこの時機から始まった。アーネストは妻とニューヨークに出て英国のダール空軍武官補に会い、ロンドンに向かう輸送機の座席を確保してもらったものの、妻の座席は頼みもしなかった。戦時下の輸送機に女性は乗せないためだ。妻というよりライバルのマーサを完全に打っちゃり、四日後の五月十七日、アーネストは飛行命令を受けたパンアメリカン機に乗って、単身ロンドンに向かった。

マーサはくやしがった。少なくともロンドンまで一緒に行く思惑ははずれ、彼女はあっさり置き去りにされていた。とはいえ彼女は挫折しなかった。かつて危険な海を渡り、フィンランドに赴いたことがあった。さっそく貨物船をとらえ、再び危険な海を渡り、ロンドンに向かった。

大戦下の愛と憎しみ

ロンドンの出会い

アーネストはロンドンに着き、報道機関の本部となっているドーチェスター・ホテルに投宿して、数日後ジャーナリストの溜り場であるレストラン「ホワイトタワー」に立ち寄った。そこで記録映画部隊所属の劇作家アーウィン・ショーの紹介で、『タイム』誌の女性記者メアリー・ウェルシュに出会った。メアリーはマーサと同じ年ごろながら白いセーター姿は若々しく活動的に見え、にこやかな笑顔に心を惹かれた。

次の日も同じレストランで会い、数日後今度はドーチェスター・ホテルの三階にある『タイム』支局長室で偶然出会った。支局長は大陸侵攻作戦に備え、アメリカから集まってきた二、三の記者連中とパーティーを開き、アーネストは招かれて出席していた。ところへ遅れてメアリーが現われたのだった。

夕方近くなってメアリーは先に部屋を出た。アーネストは後を追い、後刻お訪ねしたいといい、パーティーが終わるのを待って、五階のメアリーの部屋へ出かけた。

メアリーはまさかと思い、驚いたふうにアーネストを迎えた。椅子はひとつしかないので、同室している女友達と並んでベッドに腰を下ろし、黙っていたがそれでもにこやかにアーネストを見守った。アーネストはミシガンの森や湖での野鳥撃ちや魚釣りをしたむかしをなつかしくしゃべりながら、「あなたのようなお人と結婚したいですね」と真剣な調子でつぶやくようにいい、「さようなら」ともいわずに出ていった。アーネストが心を惹かれたのは、マーサとちがったにこやかな笑顔だったばかりでなく、彼と同じように北辺州の自然の中で育った素朴で順応的な資質のせいだったかもしれない。

メアリー・ウェルシュは北西部ミネソタ州の一村に生まれた。まだインディアンも住んでいた頃で、父親は木こりながら湖水を巡る蒸気船を運航していた。一家は貧しかったが、ひとり娘のメアリーは働きながら、ノースウェスタン大学に入り、学生結婚をしたものの二年後に離婚した。卒業後は『シカゴ・デイリー・ニュース』、さらに『ロンドン・デイリー・エキスプレス』の女性記者を務め、最後は『タイム』誌のロンドン支局の記者に転じていた。マーサと同じジャーナリズム畑を歩いてきたけれど、一九三八年『デイリー・

メール』の記者ノエル・モンクスと結婚して、地道な生活を続けた。とはいえ太平洋戦争が始まって夫のノエルは南太平洋方面の戦争に従軍し、今度はアメリカの侵攻作戦が取り沙汰されて南フランス方面に飛び、所在は分からず、殆ど顔を合わせるひまもないぐらいだった。

アーネストはメアリーと同じホテルに住んでいるのを喜んだが、それも束の間、翌日の深夜自動車事故で重傷を負った。それは『ライフ』誌のカメラマン、ロバート・キャパのアパートでのパーティーに出席してのことで、さんざん飲んで酔っぱらい、居合わせたゴーラー医師に送ってもらった。

燈火管制でまっくら闇、医師は運転をあやまり路傍の給水タンクに衝突した。後の座席にいたアーネストはフロントガラスまで放り出され、頭部に裂傷を負い、脳震盪を起こした。医師はガラスの破片で頭部に裂傷を負ったけれど、アーネストを助けて、程近いセント・ジョージ病院へ行き、アーネストは応急手当てを受けて入院した。

ちょうどその時マーサは貨物船に乗って英国に向かっていた。自動車事故があってから三日後の五月二十七日リヴァプールに着いて上陸すると、取り巻いた記者連中から夫の自動車事故を知らされた。

急いでロンドンに赴き、ドーチェスター・ホテルに入ってから病院へ直行した。夫は頭に厚く包帯を巻きながら意外に元気で、二つに重ねた枕に寄りかかり上半身を起こしていた。見舞いにきた記者連中が置いていったのか、ベッドの下にはウィスキーの空壜が二、三本並んでいた。

マーサは目敏く見つけてむかむかした。ばかりか、激怒に似た憤懣が湧いた。夫は酔っぱらいの無頼漢だった。交通事故にあいながら飲酒をやめず、病院に入っても酒壜を並べていた。そんな無様な夫は見たくもなかった。

おまけに夫は独善的で利己的だった。ニューヨークでは置き去りにされ、やむなく貨物船をとらえたが、貨物船は弾薬を積み、敵の潜水艦の出没する海を命がけで渡ってきたのだった。

くやしい思いをぶつける余裕はなく「なんて様！」と吐き出していった。とはいえ意外に元気なのを見てわずかに安心すると、マーサは夫を見限る勢いで病室を出た。彼女を待っているのは戦争だけだった。

マーサに代わり、メアリー・ウェルシュが見舞いの花束を持って現われ、アーネストは感動して、感謝の言葉を繰り返し述べた。

大陸侵攻作戦

大陸侵攻作戦のＤデーは一九四四年六月六日だった。アーネストは酔っぱらいのぐうたらどころか、六月始めに退院すると第四歩兵師団に所属し、輸送船エンパイア・アシュヴィル号に乗った。輸送船は前夜サザンプトンを秘かに出てイギリス海峡を南下した。六日早朝ノルマンディの突端部シェルブールの沖合で、上陸用舟艇に乗り移ろうとして指揮官の中尉に制止され、追い返された。アーネストはむろん戦闘員ではなかった。やむなく輸送船のデッキに立ち、望遠鏡で上陸部隊の戦闘の模様を眺めた。

沖合の連合艦隊は、断崖上のトーチカ陣地目掛けて十六インチ砲の艦砲射撃をいっせいに浴びせ、敵の機関砲は上陸部隊を掃射してすさまじい戦闘が続いた。海岸線は死傷者で埋まったが敵の砲火は次第に沈黙して、上陸作戦は成功した。

マーサはアーネストに劣らず勇敢だった。

戦時従軍記者は一社一名に限るため従軍記者の許可証はもらえず、侵攻作戦開始の前夜、サザンプトンに碇泊している病院船に秘かに乗り込んだ。終夜身を隠し、病院船が南下して上陸地点の沖合に碇泊するのを待ってとび出した。担架兵と共に上陸して死傷者の収容を手伝い、驚くばかりの活躍をした。
従軍記者として上陸したのはマーサが初めてだった。上陸作戦終了後、記者団はロンドンに引き揚げ、激戦の模様を伝える生生しい現地報告を書いた。『コリアー』誌（一九四四年七月二十二日号）は、マーサの記事と共にヘミングウェイの報道記事を大々的に載せた。
マーサは当然ながら従軍規約違反の廉《かど》で軍当局からの懲罰を受け、ロンドン郊外の従軍看護師訓練所に収容された。マーサは挫折を知らず、深夜柵を越えて脱出した。通りかかった車に乗せてもらい、空軍基地に至ってイタリアに向かう英空軍機をとらえ、うまく便乗した。従軍許可証の要らないイタリアの戦域に入り込むつもりで、アーネストに次のような便りをした。

これから当てなしのクック社旅行に出かけます。わたしはドーチェスター暮らしをするのではなく、戦争を見るためにやって来たのです。

その間にロンドンの空襲は激化し、ドイツ軍は秘密兵器と見られるロケット弾VI号を無差別に落下させた。英空軍のミッチェル爆撃機はフランスにある発射基地を爆撃した。

アーネストは同乗して爆弾投下を目の前に眺めながら、激しい対空砲火にさらされた。十日後VI号を捕捉するモスキート戦略爆撃機に乗り、高射砲弾の弾幕をくぐり抜け、危うく脱出して帰った。

第一次大戦とスペイン戦争で培った闘争心も次第に昂ぶったが、ロンドンは空襲を受けながら日常生活に変わりはなく、アーネストはドーチェスター・ホテル暮らしを続け、「ロンドンのメアリーへ」(一九六五年『アトランティック・マンスリー』誌八月号)という長詩を書いていた。のみならずメアリーとロンドンの街を歩き、レストランへ寄っての食事を楽しんだ。

しかしノルマンディに上陸した先頭部隊の進撃はめざましく、パリ解放を目指し、戦火は刻一刻拡大していた。アーネストは従軍記者団とフランスへ飛び、シェルブールの前線基地へ着くと、中央突破作戦を試みる第四歩兵師団に再び加わった。

第四歩兵師団は第二十二連隊を先頭部隊として退却する敵を急追し、モルタン渓谷に至った。アーネストは途中投げすててあったオートバイに乗って連隊を追ったが、反撃する敵の戦車の機関砲射撃にあい、オートバイ諸共よこの溝にとび込んだ。彼自身は投げ出され、大きな岩石に頭をぶつけ、ロンドンに次ぐ二度目の脳震盪を起こした。仲間の従軍記者に助けられ、後退してモン・サン・ミッシェルの町へ行き、一週間ばかり滞在して療養に努めた。

元気を取り戻したアーネストの行動はめざましかった。彼は第一次大戦とスペイン戦争をくぐり抜け、戦争と共に生き、作家というより戦士といってよかった。パリまであと二十三マイルのランブイエの町に至ると、フランスの地下組織であるレジスタンスの連中を数名集め、自ら隊長となって敵状の情報を得、連隊の進撃には大いに役立った。自身はレジスタンスの連中とトラックに乗って突っ走り、先頭部隊に先立ち、八月二十五日パリに入った。ドイツ軍はすでに撤退していたので、最初にむかしなつかしいリッツ・ホテルを解放し、占拠した。その日連合軍もパリに入った。

メアリーは連合軍のパリ解放パレードを取材するので、アーネストを追うようにしてフランスの基地へ飛び、ジープでパリに入った。従軍記者団本部であるスクリーブ・ホテルは満員でごった返し、反対側の小さなホテルに投宿した翌日、リッツ・ホテルでアーネストに会い、アーネストは喜んで迎えた。

が、解放パレードの時刻は迫っていた。メアリーは取材活動のためにとび出して行き、忙しく立ち回った。記者団本部のスクリーブ・ホテルから電報記事を送信してリッツ・ホテルに戻った時はくたくたに疲れ、アーネストのベッドに横になるといびきをかいて眠った。アーネストはきゅうくつに横になると、自身も疲れて眠った。

そして次の作戦が始まるまで一週間ばかり間があった。アーネストはメアリーと平和の戻ってきたパリの街を歩いた。パリは戦火を免れていた。見上げる大空にノートルダム寺院の尖塔はそびえ立ち、オデオン通りのなじみのシェイクスピア書店主シルヴィア・ビーチは健在だった。が、フリーリュ通りのアパートにガートルード・スタインはいなかった。女秘書と戦火をさけてどこか田舎の方へ移ったらしかった。モンパルナス通りは人影もまばらだったが、アーネストはメアリーとセーヌ左岸を歩いた。

彼はロンドンでメアリーに出会った時、「あなたのようなお人と結婚したいですね」と洩らした言葉は忘れず、去っていったマーサに代わって現われた女性を最後の人のように手離すまいとするのだった。

しかし戦局はあわただしく揺れ動き、第四歩兵師団はジーグフリート線に逃げ込む敵を急追して、ベルギー方面に向かいつつあった。アーネストは前線からの情報に接し、翌日司令部のジープで前線へ急いだ。

愛の戦線

九月上旬アーネストはベルギー国境の手前で先頭部隊の第二十二連隊に追いついたけれど、連隊はそれ以上動かず、ジーグフリート線攻略作戦は当分先のことらしかった。それを見越してアーネストはパリにいるメアリーの許へ戻った。

アーネストはリッツ・ホテルでメアリーと暮らしながら、結婚話を切り出すのだったが、夫との縁が切れているわけではなく、メアリーは戸惑った。とはいえ夫のノエルは侵攻作戦に従軍したまま消息は不明だった。殆ど別居しているような有様で、いっそ別れたほうがいいと思う存在に夫はなって、メアリーの心は揺れた。

その間に前線は緊張の度を加え、先頭部隊はベルギー領内から迂回する作戦を開始していた。数日後アーネストは記者団と共に再び前線に向かったが、途中露営しながらメアリーを忘れず、愛の手紙を次のように書いた。

「わびしさも失望も幻滅も、それからまやかしも隠しごともてらいもなく、下着も身にはつけずシャツ一枚になって、心の底から愛し合いましたね。生まれて初めて本当に楽

しい月でした」(一九四四年九月十一日付、ベルギー前線にて)

それから、「わたしはあなたを愛し、あなたはわたしを愛し、わたしはそれこそ幸福なので、あのジャングルの獣のように咽喉を鳴らしています」(九月十三日付、ドイツ・ヘメレスにて)とも書いた。

第二十二連隊を先頭部隊とする第四歩兵師団はベルギー領内を進撃して、九月中旬すでにドイツ領内に突入していた。難攻不落のトーチカ陣地にぶつかり、進撃は鈍りながらも味方の戦車砲はトーチカ陣地を粉砕した。激戦の有様を見届け、アーネストは九月末パリに戻り現地報告を書いた。

図らずもパリにはマーサがいた。

マーサは英空軍機に便乗して英国からイタリアのナポリの基地へ飛び、そこから「当てなしの旅行」という危険な取材旅行を始めた。イタリア戦線を渡り歩き、イタリアのゲリラ隊と接触しながら、ゲリラ戦の様相を伝え、フローレンスに至った。ドイツ軍の攻撃を避け、英国軍の装甲車に乗ってイタリアを脱出し、解放されたばかりのパリに辿りついたのだった。

アーネストはマーサの消息を知って、止宿しているホテルへ出向き、ロンドンの病室以来の憤懣をぶちまけた。マーサは冷酷な妻だった。冷酷な振舞いに加え、従軍許可証もない取材活動の違法行為を怒りにまかせて非難した。

マーサはひるんで自室に逃げ込んだが、彼女にとって夫こそ冷酷非情な人間だった。ニューヨークでの非情卑劣な行為はもはや許せなかった。

おまけに夫は女性記者のメアリー・ウェルシュと一緒に暮らしていた。それを知って彼女は見すてられた屈辱感に苛まれ、アーネストと別れる腹を決めた。揚句前線に向かう途中、十一月三日、オランダから離婚の意志を伝える手紙をアーネスト宛に書いていた。

マーサからの手紙を受け取る前、アーネストは息子のパトリックに宛てて、次のような便りをしていた。彼の心はすでにマーサから離れていたのだった。

「あの女のプリマドンナ主義にはむかむかする。(ロンドンで)頭をまるっきり叩きつけられ、恐ろしく頭痛などしているのに、犬にやってやりたいことすらあの女は人間に向かってやりはしなかった。あの女については大間違いをした。それともあの女がひどく変わったのか——多分大方は後者だろう。……あの女についての馬券は破ってしまったし、もう二度と会うことがないのは幸いだよ」(一九四四年九月十五日付、ドイツ・ヘンメレス付近師団司令部にて)

さらに『川を渡って木立の中へ』では次のように辛辣な言葉を述べた。

「彼女はナポレオン以上の野心を持っていたが、ごく普通の高校生徒総代ぐらいの知能しかなかった。うぬぼれが強いのでみじめになることもない。軍関係者の間で自分の値打ちを高め、自分の職業あるいは自分の技芸と考えていることのため、いい接触があるのでおれと結婚したんだ。彼女はジャーナリストだったよ」

前線では第四歩兵師団のジーグフリート線突破作戦が始まり、アーネストは前線に戻ってふたたび第二十二連隊に加わった。付近はライン川の西方高地ヒュルトゲンの森林地帯で、十一月中旬から十二月初旬まで激しい戦闘を繰り返した。第二十二連隊は三千人に近い死傷者を出し、半マイル前進するのに五日かかった。気候は寒く、雨や雪が降り、塹壕の中で凍えそうだった。

アーネストは寒冒にかかって高熱を出し、十二月初旬パリに後送されるまで、殆ど毎日のようにメアリーへ長文の手紙を書いた。一部は次のようだ。

「わたしの一番いとしい最愛のメアリー、わたしはあなたをとても愛し、それ以上付け足すものは何もない。ただいつもあなたをいっそう愛しているだけなのです。あなたのために、わたしの半分が、半分以上がなくなってしまったかのように、全く空虚で、心は病み、わびしいのです」（一九四四年十一月八日付）

「一番いとしいピクルス、ずっとあなたを失念しています。現在の見通しが至って気に食わないので、いつもより早目にあなたを投げすてなければならなかったのです。詩におけるように投げすてる意味です（実際に投げすてるのではなく、信頼し愛し、すべての希望を抱くのをやめることでもなく）昨日は人々にとっての不可知な例の淫売婦（死）のそば近くへ行きましたが、抜かりなく避けました。なんと自慢気なことか、――実際あなたにお見せしたかった」（十一月十一日付）

激戦の模様を伝える手紙も続く。砲撃のため森の木はハリケーンの跡のようにことごとく倒れ、膝まで達するドイツ兵の死骸の山を越えて歩く。そして最後に、

「一番いとしいあなた、あなたをしっかり抱きしめる。あなたはわたしの愛のすべて、わたしの希望のすべて、そしてわたしたちの人生と将来のすべてです。――いつも、とりわけ今夜と明日の朝と、そしていつもあなたを愛します」（十一月二十一日付）

愛の言葉がどの文面にも欠かさず付け加えられ、十数通の長い愛の便りの最後は十二月二十七日だった。それには「あなたの愛する夫より」とある。

愛の結末

アーネストは悪性の寒冒にかかり、十二月初旬後送され、一旦パリに戻ったが、十二月十六日、ドイツ軍総反攻の情報を得ると、体調は不良ながら司令部のジープにとび乗り、前線へ急いだ。ルクセンブルク市の東北十マイルの小村ローデンブルクの連隊本部に達したがまた熱を出して寝込んだ。軍医からサルファ錠剤をもらい、熱は引き、元気を取り戻した。そしてクリスマス・パーティーに出席すると、図らずもまたマーサに出会った。マーサはオランダに入ったのち、味方の前線基地であるルクセンブルクに達していた。招かれてジープに乗り、パーティーへやってきたのだった。

パーティーの席で二人はいがみ合うことはなかったが、訣別の瞬間が次にやってきた。その年も終わりの十二月三十一日、マーサは『タイム』の従軍記者ビル・ウォールトンとジープで前線を回り、ホテルに戻ってビルと食事をしている席へアーネストは現われたばかりか、酔っぱらってマーサの違法行為を非難し、どなりつけた。マーサにとってはパリ

での屈辱の二の舞いだった。ひるんだというより耐えかねて自室へ逃げ帰り、その夜追いかけて部屋のドアを叩くアーネストに、
「帰って、のんだくれ」
といって、最後にののしり返した。アーネストは踵を返し、二人はついに会うことはなかった。

第四歩兵師団は敵を急追してモーゼル川を渡り、第二十二連隊はドイツ国内に入った。アーネストはそれを見届け、年を越すと間もなくパリへ引き揚げた。マーサはもはやアーネストのいるパリには戻らず、空軍の輸送機に便乗してロンドンへ飛んだ。

アーネストはリッツ・ホテルに滞在し、早急にキューバに戻り、メアリーを迎えるつもりだったが、来訪者が多く、シャンペン・パーティーを繰り返しなかなか帰れなかった。

メアリーは離婚の意志を伝える手紙を夫に書いたが、返事はなく、一月下旬ロンドンに戻った。夫のノエルは一旦フランスの前線から戻ったが、数日前生国のオーストラリアに赴き、南太平洋方面の対日総反攻作戦に従軍したらしく、消息は依然不明だった。メアリーは二月のヴァレンタイン・デーにパリへ引き返した。アーネストは待ち受け、メアリーが夫と撮った記念写真を標的にして、ピストルの弾丸を数発撃ち込んだ。記念写真は原形

をとどめずに吹きとび、床に落ちた。メアリーは驚き、言葉も出ずに二階の自室へ駆け込んだ。ひと息つき、これで夫とのことも終わったのだとひとりで納得していた。

メアリーは支局での残務を片付けるためにロンドンに舞い戻り、アーネストは三月上旬アメリカ軍の輸送機でロンドン経由帰国した。ロンドンのドーチェスター・ホテルに一泊すると、マーサは寒冒にかかりホテルの一室で寝ていた。アーネストは遂に会わずにそのまま帰り、その年（一九四五年）十二月二十一日、マーサと離婚した。

メアリーは四月にロンドン支局を退社し、アーネストを追って帰国した。シカゴに住む両親のところへ立ち寄り、五月にハバナへ来てフィンカ荘に落ち着いた。アーネストとは翌一九四六年三月十四日、ハバナの弁護士事務所で結婚した。

離婚したマーサ・ゲルホーンは戦争と共に従軍記者となった最初の女性ジャーナリストだった。ヘミングウェイにいわせると恐ろしく野心家で家庭生活には縁遠く、彼にとっては悪妻だったのだろうが、四人の妻のうち気力と体力にめぐまれ、卓越した存在だった。ドキュメントふうの小説始め数種の著書があった。

離婚後メキシコ市に近いリゾート地クエルナバカに住み、マスメディアへの寄稿を続け、一九四五年T・S・マシュウズと再婚したけれど、九年後に離婚してロンドンへ移った。

一九六六年『ガーディアン』紙の特派員としてヴェトナム戦争やアラブ・イスラエルの紛争地域の現地報告を試み、以後はフリー・ジャーナリストとして依然活動をやめなかった。一九九八年二月十五日癌のため死去したが、享年九十歳の高齢だった。

イタリアの美少女

フィンカ荘の女主人

アーネストは帰国してフィンカ荘に落ち着いたけれど、戦時下の二度の脳震盪の後遺症か、頭痛に悩み悪夢に苦しみ、体調の不良を訴えた。医者から節酒休養をいい渡され、ひとり暮らしのわびしさにも耐えかね、メアリーの来るのを待ちわびながら、長文の次のような手紙をメアリーへ書いた。

一番いとしいピクル、最愛のあなた、船と、青黒く紫色に近いメキシコ湾流のことを考えよう。渦巻は潮流の端にぶつかり、入江からは飛び魚がはね上がり、わたしたちはシャツ一枚の上半身は裸で、一番上の船橋にいて舵を取り、夜はパライソのほうの障壁のような岩礁の背後に碇を下ろすのだった。海はきれいな砂に音立てて当たり、馬蹄形の岩礁にぶつかってくだけ、わたしたちは見事に碇を下ろしていた。わたしたちの体内は燃え、動くものといえば引く潮ばかりで、脚をふれ合って横になり、丈の高いココ椰子の果汁やライム酒とジンを飲み、右肩越しに青くて美しい小さな山々を見、「ピクル、とても気に入ったかい」とわたしはいう（多分あなたはもっといい山々を知るだろうが、それもいい。が、この山々は美しい）あなたはいうことは何でもいい、それからあの夜があり、次の日もまた夜があって、朝は寝たいだけ寝られるし、朝食をすませてデッキからとび込み、海浜で泳ぎ、上衣も着ないで環礁の遠い浜辺を歩き、その間にグレゴリオが船をすっかり掃除し、わたしたちにはすることが沢山あるのさね、一番いとしいピクル。

アーネストはメアリーとの幸福な生活を夢想し、四人目の妻となるメアリーを迎えようとしていた。

メアリーはひと月ばかり遅れ、五月初めフィンカ荘のアーネストの許へやって来た。フィンカ荘のあるハバナはメアリーにとって未知の地であり異郷でもあった。気候風土はむろん言語風俗習慣のどれもが違い、戸惑うばかりだったが、とりわけ生活環境の一変に驚き、戸惑う心情を次のように吐露した。

「わたしがアーネストとフィンカ荘から受け取ったのは、『タイム』社の複雑な階級制度の代わりに、計画を実行するたったひとりの指導者が主人であり、それは利害と活動の焦点でもある。もはや事務室も何もない。わたしには学ばなければならない新しい生活があり、今ヨーロッパを離れ、定期的な交信をして、あちらの友人たちと密に関係を保つこともあるまいと思い、むしろ喜んだ。急激な断絶だが、きれいさっぱり」(『むかしの経緯』)

きれいさっぱり、たったひとりだけの自分に戻ったとはいえ、今度はひとりの主権者で指導者である主人のアーネストに従属する生活を始めなければならなかった。別れたマーサはアーネストに従属した奴隷的な七年間を悔み、そんな従属に耐えようとするメアリーの心情をいぶかりながら、「あの人は年毎に正気を失い、ミュンヒハウゼン(ルドルフ・エリッヒ・ラスペの冒険物語〈一七八五年〉の主人公)以来の最大の大ぼら吹きですよ」と評伝作者ジェフレー・メイアズに語り、アーネストを酷評した。

ヨーロッパの友人たちとの交信を断ち切ったけれど、新しい環境になじめないメアリーの心は揺れ、日記には次のように書き留めていた。

「わたしたちの價値判断はおおむね正反対――夫は行儀が悪いのも平気、暴力、殺戮（人間、動物、野鳥、魚）強固な意志、死を重視する。わたしは優しさや話し合いや非暴力の價値がどんなに高いかを悟り始めている。……ここから出られるうちに早く出たほうがいい。大して辛い目も見ずにすむ」（一九四五年六月）

アーネストは三人の妻を失ったのを悔み、自嘲とも自責とも受け取れる次のような文章を書いていた。

「お前は一大隊を失う時と同じようにして、三人の女を失った。判断を誤ったために、実行不可能な命令を下し、不可能な条件があったために。また残忍さがあったために。……今一番美しい女を手に入れたが、ああ、どこでこれがお終いになるのか？」（『川を渡って木立の中へ』）

一番美しい四人目の妻はメアリーで、別れ話は三人目のマーサで終わり、メアリーはア

ヘミングウェイとメアリー（ピラール号にて）
（N. フェンテス『アーネスト・ヘミングウェイ再発見』より）

ーネストの名声にくるまって、夫のそばはむろんフィンカ荘からも離れず、出ていきもしなかった。アーネストは最後に見つけた家庭生活においてて家庭を守るメアリーを手離すことはできないのだった。その妻をたたえる次のような文章まで書いた。

「ミス・メアリーは辛抱強い。彼女

は また勇敢で魅力的で機知があり、眺めると心が躍るし、一緒にいるのは喜びであり、良き妻なのだ。彼女はまたすぐれた漁師で、舞い立ち撃ちも正しい。本当にうまい料理をつくり、ワインの選別もいい。強靭な泳ぎ手、優秀な園芸家、素人の占星家、芸術、政治、経済、スワヒリ語、フランス語、イタリア語の学習者であり、漁船を操縦し、スペイン語で家事を取りしきっている。彼女は正確な自分の声で歌も歌える。わたしは亡くなった大隊長、元中隊長、大酒飲み、コヨーテ、プレーリー・ドッグ、足長うさぎ、カフェ社会の顔役、酒場の主人、航空機パイロット、競馬騎手、いい作家、悪い作家、それに悪玉連中を知っているが、彼女はわたしと違い陸海軍の大将や元帥、空軍元帥、政治家や要人たちを知っている。……彼女がいないと、彼女が片付けるようにいいつけておいた空壜のようにフィンカ荘は空虚だ」(「近況報告」『ルック』一九五六年九月四日号)

こんなにべたぼめした妻はなかった。たしかにメアリーは北西部の原始的な自然環境の中で育ち、野鳥撃ちや水泳は得意だったばかりでなく、長年ジャーナリズムに身を置き、多くの有名人を知り、さまざまな知識を得たにちがいないが、むしろアーネストは最後の依りどころとなる妻のメアリーに満足して、安住の地の幸福感を謳歌していた。

メアリーは環境に順応する素朴な資質を失わず、フィンカ荘を我が家と心得、家事一切の切り盛りをした。アーネストの居間の壁から掛けてあるマーサの写真をはずし、マーサの使っていたベッドや家具類を新しいのに換え、居心地のいい我が家とするための体裁を整えた。庭師に命じてテニスコートの雑草を払い、空地に菜園をつくり、草花を栽培した。

後には邸宅の背後に白亜の四階建てをつくった。一階は浴室、二階は二十匹にもふえた猫の泊り場、三階は銃器室、四階は仕事部屋で、ノッポの建物は塔のようにそば立ち、「白塔」という名前をつけた。

アーネストは忘れていた家庭生活を取り戻すと同時に、マーサとの経緯を苦々しく思い返した。マーサはアフリカのライオンのように至る所を果敢に走り回り、彼は取り残されて子供をもうける暇もないぐらいだった。マーサは子供は邪魔なものとして欲しがらなかった。彼には三人の息子がいたけれど、女の子がひとり欲しいと思う願望は遂に満たされなかった。

メアリーとの結婚の手続きをすませた年(一九四六年)の夏、メアリーは妊娠した。それが恐ろしい結果になるとは予想もつかず、ハバナの炎暑を避け、サンヴァレーに向かってドライヴしていく途中、ワイオミング州中部の町キャスパーのモーテルに投宿すると、メアリーは激しい腹痛を覚えた。揚句にはベッドから転げ落ち、床の上でのた打った。

八月十八日の夜のことだった。

アーネストはとび起き、電話で救急車を呼んだ。メアリーは病院へ運ばれ、診察の結果子宮外妊娠と分かり、左の輸卵管は破裂していた。脈搏は衰え、意識は殆どなかった。手おくれだった。医者は手術をためらい、折悪しく夜間勤務の医者だけで、専門医はいないのだった。

アーネストはあきらめずに、手術をためらう医者をせき立て、自身は外科医の手術衣を借りて着、マスクをつけた。彼はかつて医者だった父の医療の手助けをしたことがあった。手術台に横たわっているメアリーの左腕の静脈をさぐり針で医者にさがしてもらい、血漿の供給管の針をさし込んだ。管内の血漿はうまく静脈内に流れ始め、左手の脈を取ると脈はかすかに打ち、呼吸の音も伝わった。

メアリーは意識を取り戻していた。

外科の主任医は連絡を受け自宅からとんで来た。麻酔をかけて手術に取りかかり、手術は夜明け近くまでかかったがメリアーは危機を脱した。

三週間入院して退院するとサンヴァレーに赴き、秋の間滞在した。猟銃を持って夫に従い、野鳥撃ちに出かけるほど元気を回復した。

しかし三年後、イタリア旅行に赴き、帰途ニューヨークに立ち寄って専門医の精密検査を受けた。異常のなかったはずの右の輸卵管は閉塞してしまい、妊娠する可能性はなくなっていた。手術をしても効果はなく、検査の結果を聞きアーネストは落胆した。「運が悪い」といってメアリーをなぐさめながらも自分の不運を嘆いた。

ヴェニスの出来事

女の子を欲しがっていたアーネストの前にイタリアの美少女アドリアナ・イヴァンチックが現われた。それはイタリア旅行中のことだった。

イタリアはアーネストにとって、前大戦以来の忘れがたい土地でもある。メアリーと結婚した二年後の一九四八年九月七日、アーネストはハバナ出帆の客船ハヒエーリョ号にビュイックの新車を積み、妻とイタリアに向かった。二週間の後ジェノアに着き、上陸して北イタリアのドライヴ旅行を始めた。東進してヴェニスを経由、ピアーベ川上流の町コルティナ・ダンペッツォに至った。そこも曽遊の地だった。

ちょうどヴェニスからやって来たフェデリコ・ケクレル伯爵に誘われ、オーストリア側に入り湖水で魚釣りをした。戦後へミングウェイの長編はイタリアでもよく読まれ、フェデリコ伯もへミングウェイ・ファンのひとりだった。

秋が深まって山間部を下り、ヴェニスへ来てからモーター船で三十分ばかりのトルチェロ島へ移り、そこで執筆を続けた。が、十二月初め、ヴェニスに戻り、フェデリコ伯爵の弟カルロの案内で水鳥撃ちの猟場に向かった。

猟場はヴェニスの東数十キロ、タリアメント川の対岸ラティサナの村付近だった。カルロはアーネストの新車を運転して、途中サン・ミケレの村落付近で待っていたアドリアナを乗せ、アーネストの前に美しいイタリア娘が現われたのだった。

その日は週末で、カルロはアドリアナを狩猟に誘った。アドリアナの兄はカルロの狩猟仲間だった。ついでに有名作家へミングウェイをアドリアナに引き合わせようという楽しい思惑もあった。

ハンドルを握っているカルロに並んでアーネストが坐っていた。それが高名な作家のへミングウェイと知らされ、アドリアナは驚いた。とはいえ、へミングウェイの名声は知っていても作品を読んだことはなかった。しつけのきびしい貴族の旧家の出なので、興味本位と思われる小説本を手にしたことがなかった。後悔するような気分が襲ったが、そんなアドリアナとは関係もなく、今度はアーネストは美しいイタリア娘の出現に驚き、心を惹かれた。

車は猟場に到着した。折悪しく天気が悪く小雨が降っていたが、アーネストはカルロと川沿いに歩き、とび立つかもを撃った。アドリアナも猟銃を持って撃ったが当たらず、男たちは数羽の獲物を下げてロッジに帰って来た。

アドリアナは濡れしょぼくれ、寒そうに炉火に当たった。髪の毛が乱れているのを見て、アーネストは新しい自分の櫛を二つに折り、半分をイタリア娘に渡した。

アドリアナは思いきった仕草に驚きながらも感動して、「素敵な櫛！」とうれしそうに口走った。

アドリアナは小柄ながら鼻筋が通って美しい顔立ちをしていたばかりでなく、貴族出らしい知的な気品があった。アーネストは自分の娘に見立てながら、アドリアナの喜ぶ姿を見て満足感を抱いた。

アドリアナは大戦直後の混乱期に父を失っていた。あごひげに白いものの目立つヘミングウェイが父親代わりの親切で頼もしい存在に見え、その夜暖炉に当たりながら、英語交じりに一家の話をした。それは戦争と戦禍の話だった。

アドリアナの祖先は中世時代ヴェネチヤ共和国における五大貴族のひとつで、商船隊は東洋や北海に進出し交易による巨額の富を築いたが、投資に失敗して家運は傾き、今度の大戦による打撃もひどかった。

アドリアナは長兄一人、弟一人の長女だった。長兄のジアンフランコはナチスのロンメル将軍指揮下の戦車隊に加わり、北アフリカに転戦した。負傷して後送され、入院中、南イタリアが連合軍によって占領された。退院すると、連合軍の諜報機関要員となり、ヴェニス地区のパルチザン隊長として活躍した。父のカルロスの邸宅はパルチザンのアジトとなって、当時十歳だったアドリアナは秘密の通報伝達の役目を受け持ち、危険な占領地区をくぐり抜けていた。終戦直後の混乱に際し、父は暗殺された。政界に乗り出そうとして、過激な政敵の手にやられたらしいが真相は不明だった。

アドリアナはカトリックの学校を卒え、スイスのチューリッヒへ行ってフランス語を習い、半年ばかりいて帰って来たところだった。間もなく十九歳になる年頃である。

猟場からヴェニスに戻り、アーネストはアドリアナを宿泊しているグリッティ・ホテルでの昼食に招いた。アドリアナは女友達と一緒だったが、それから街を歩き、父親代わりともなる親切な大作家に寄り添い、愉快に笑った。妻のメアリーは寺院や博物館めぐりを日課のようにしてその場にいなかったが、やがて十二月に入り、アーネストは妻とコルティナ・ダンペッソに赴いた。

すでにスキーシーズンが始まり、メアリーはスキー滑降で転倒した際、右足首を骨折した。病院で手当てを受け、アーネストは風邪を引いて寝込み、いいことはなかった。おま

ヘミングウェイとアドリアナ（ヴェニスにて）
（A. E. ホッチナー『ヘミングウェイとその世界』より）

けにアーネストは左眼の下のひっかき傷が化膿して顔全体が腫れ上がり、医者から丹毒といわれた。足の不自由な妻と山間部を下り、パドウヴァの病院に入り、四月になってやっと退院した。ヴェニスに戻ると、アドリアナは忘れがたく、帰国を前にして、アドリアナと長兄をハリーの酒場へ招いた。ハリーの酒場は酒場というより上流階級の一種の社交場として知られていた。

長兄のジャンフランコは二十八歳、イタリアの戦後も経済事情が思わしくなく、職を求め、イタリア汽船のハバナ支店に仕事口を見つけていた。ハバナと聞いてアーネストは親近感を抱き、兄妹ともハバナへ来るようにと誘い、美少女アドリアナから離れがたかった。
四月末アーネストは妻とヴェニスを後にして帰国した。

幻の美神

アーネストはトルチェロ島で取りかかっていた長編『川を渡って木立の中へ』の執筆を続けた。背景はヴェニス、彼は初老のキャントウェル大佐となってかつての戦いの日を回想しながら、ヴェニスの美少女レナータに対しひたむきな愛情を抱く。美少女のイメージはアドリアナと重なり、アドリアナともなる美少女レナータの描写は次のようだった。

彼女は部屋の中へ入って来た。若さと、背が高く大股に歩く美しさ、風で乱れた髪の毛も気にかけず、輝くばかりだった。蒼白くオリーヴ色に近い肌、どんな男の心も掻き乱す横顔、一本一本が生きもののような黒い髪の毛が肩まで垂れていた。

そして大佐は彼女に接吻し、「素晴らしい長身の、若いしなやかな形のいい体を自分の体に押しつけるのだった」

幻の美神ともなるアドリアナは忘れられないまま、アドリアナのいるヴェニスへ行くつもりで、十一月中旬アーネストは妻とふたたびフランスへ渡り、しばらくパリに滞在した。長編の執筆を続け、年末運転手を雇い、レンタカーで南フランスをドライヴして北イタリアへ入り、東進してヴェニスに至った。すでに年を越して、一九五〇年の一月だった。ヴェニスでは前年と同じくトルチェロ島へ移ってからもアドリアナとの再会を楽しみ、ハリーの店へしばしば招いた。

父親が亡くなってから邸宅に引きこもりがちだった母親のドーラは、気ままに出歩く娘の挙動を危ぶんだ。あらぬ噂が立ってはそれこそいい恥さらしだった。

しかしヘミングウェイはあくまでも父親に近く、三十歳の年のへだたりがあった。安心して頼れる大作家だった。アドリアナはそんなふうに説明して母親を納得させながら愛慕の念が募った。アーネストがスキーシーズンに入って妻とコルティナ・ダンペッツォへ移ると、アドリアナはアーネストを追って同じくコルティナ・ダンペッツォに赴き、次にスキー大会が始まると、再び山間部の町へ出かけた。親族の家に宿泊して帰らず、母親から呼び戻され、アーネストはアドリアナを車でヴェニスへ送っていくのだった。

三月に入り山間部を下りてヴェニスに戻ると、母親のドーラ始めアドリアナの親族知己をグリッティ・ホテルに招き、お別れのパーティーを催した。ヴェニスへはいつまた来るのか分からず、アドリアナと別れる淋しさが手伝い、ドーラとアドリアナをハバナへ招く約束をした。

三月初旬ヴェニスを後にして帰国する途中パリに立ち寄り、しばらく滞在した。帰国する前日、アドリアナは宿泊しているリッツ・ホテルに現われ、アーネストを驚かせた。が、彼は喜んでアドリアナとパリの街を歩き、セーヌ左岸のなつかしいカフェの歩道のテーブルを前にして坐った。

アドリアナは画才があってパリでは画塾に通い、絵の勉強をするつもりで、学友の邸宅に寄食していた。むしろ思慕の念の募るままへミングウェイを追って来たのだった。

パリはアーネストにとって青春の街であり、セーヌ左岸には青春の夢が消えずに残っていた。そして目の前にはイタリアの美少女アドリアナがいた。アドリアナは自分の娘であり恋人であり愛人だった。そう思うと、青春の血が騒ぎ、

「あなたのような美しい人とできれば結婚したいですね」

と、かつて現在の妻のメアリーへいった言葉をアーネストは口にした。

アドリアナは驚いたふうに相手を見つめ、思慕の聖域が崩れ去るような気がした。息はつまりながら安堵感が襲った。相手はすでに結婚している身の上なのだ。かりそめの言葉をそっくり受け取る必要はなかった。

とはいえ思慕の念は消えず、カフェを出ると、アーネストと一緒にセーヌ左岸を歩いた。次の日アーネストは妻とパリを離れ、ル・アーブルからイル・ドゥ・フランス号に乗って帰国の途に就いた。アドリアナは波止場まで見送り、帰ると、アーネストに宛てて次のように手紙を書いた。

「あなたのお船がわたしのところから走り去って、七時間になります。おかげで哀しい気分です。そう申し上げなければなりません。……」

四月初めにハバナへ帰ると、アーネストはアドリアナからの便りに応え、続けざまに手紙を書いた。海洋をへだて、手紙によって彼はアドリアナに話しかけているのだった。

「午前三・三〇――あなたがいないので淋しく、眠れませんでした」（四月）「わたしの幸福でもありあなたの幸福でもあるどんな状況、どんな環境でも、わたしはいつもあなたの幸福が実を結んで欲しいと思い、わたしは身を引くつもりなのです」（六月三日付）「あなたはわたしの参考点、わたしの方角、わたしの羅針盤の北極点」（八月九日付）などの文句が読まれ、いずれも長文だった。一九五四年（飛行機事故に遭った年）まで交信は六十五通に及び、アドリアナも応えて二十五通の手紙を書いたが、ヘミングウェイの死後ヘミングウェイの手紙は全部焼却してヘミングウェイとの過去から離脱しようとしたが離脱しきれず、アドリアナはニューヨークの収集家に一万七千ドルで売り渡した。その結果は伝わっていない。

ヴェニスを背景として、女主人公レナータとの情事を題材とした作品は九月に出版されたが、『ネーション』（一九五〇年九月九日号）から「最低の愚作」という酷評が返ってきた。ジャーナリストである前妻のマーサは同僚の戦時特派員だった『タイム』誌のビル・ウォールトンに痛烈な批評の手紙を次のように書いていた。

「物語は長い狂気のひびきと退廃の恐ろしい匂いで、胸が悪くなり、身震いが出ます。……この書物は天罰だが、アーネストにはいっこうそれが分からない。……いつもなんでも誤解されていると感じ、またなんでも誰か他人のせいだと感じてやまない。終いには気違い病院行きになりますよ」（一九五〇年二月三日、三月九日付、『コズモポリタン』誌連載中）

そしてマーサは尊敬していた作家と暮らして失われた七年間を悔み、嘆いて泣いた。一方ヴェニスではヘミングウェイの新作の評判と共に、女主人公の美少女のモデルはアドリアナということになって話題を賑わせていた。おまけにヘミングウェイとの情事さえ取り沙汰され、アドリアナは困惑した手紙をアーネストに書いた。美少女のレナータは作中の想像的な人物にすぎず、むろんアドリアナその人ではない。アーネストは釈明する返事を認めてみた。とはいえアドリアナの困惑は目に見えるようで、心を痛めた。救いの一助として、ヴェニスを去る時の約束通り、ドーラとアドリアナの母娘をハバナへ招いたのだった。

母親のドーラはためらった。が、長男のジァンフランコはハバナのイタリア汽船の支店に勤め、のちやめて農園を経営するのでヘミングウェイのところに寄食していた。その長男の顔も見たい一心から、娘のアドリアナと一緒に十月下旬ハバナへやって来た。そして翌年（一九五一年）の一月下旬まで三か月余り滞在した。

アーネストは妻とパーティーを開いて母娘を歓迎し、二人を誘い車でハバナの市内を見て回り、ピラール号に乗せキューバの海を巡航した。が、出版して間もない『川を渡って木立の中へ』をアドリアナへ贈り反応をたしかめるのだった。

アドリアナは一読して、ためらいながら口を開いた。

「こんな少女は本当はいません。いい家の娘はみんな毎朝ミサにゆきますし、こんなふうにお酒を飲んだりホテルの部屋へ行ったりはしません」

アメリカ娘のなかにはそんなのもいると、アーネストは抗弁してみたが、

「ヴェニスはアメリカではありませんもの」

とアドリアナは付け足していい、「もっといいものを書いて欲しい」とせがまれ、アーネストは真剣にうなずいた。彼は生前最後の傑作となる『老人と海』の構想を立てて草稿に取りかかっていたのだった。

アドリアナの帰国の日が近づくと、アーネストは青春の血の騒ぐ年老いた不可解な愚者になっていた。彼は作中人物のキャントウェル大佐のようにヴェニスの美少女を抱くこともできず、アドリアナは幻の美神となって目の前から消えて行くのだった。むしろ消え去る青春の夢を追っていら立ち、絶望の激情を妻にぶつけて当たり散らした。妻は単に「清掃婦」であり、時には冷厳なトルケマダ（スペインの初代宗教裁判所長）の顔に似ているといって妻をののしり、グラスのワインを妻の頭ごしに投げとばしたりした。

アドリアナは帰途はアメリカ本土へ渡り、ニューヨークを経由するつもりだったので、メアリーはビザ申請の書類のタイプを叩いた。アーネストはタイプライターを床に投げつけた。

メアリーは辛抱強く、衝動的な夫の仕打ちに耐え、冷静だった。彼女はフィンカ荘の女主人であり、妻の座を退かず、夫は年老い、自分を人生の最後の依りどころにしているのを知っていた。

皮肉なことに、ヴェニスの留守宅から届いた母親のドーラ宛の書状には、「レナータ

――ヘミングウェイの新しい愛人」と大見出しにアドリアナの写真までつけた新聞の切り抜きが入っていた。ヘミングウェイの新作の女主人公レナータのモデルはヴェニスの貴族の娘アドリアナで、アドリアナをヘミングウェイの愛人に見立てて新聞は書いていた。

母親も娘も記事を読んで眉をひそめた。母のドーラは、わずらわしい場所にいつまでもいるのをきらい、娘とアンボス・ムンドス・ホテルへ移った。そして数日後の二月初めハバナを後にした。その後アーネストは新聞の記事を気にして、イタリアにおける作品の翻訳出版を禁止した。

今度はアーネストに代わってメアリーが同行し、母娘は空路ハバナからキー・ウェストに行き、車で北上した。メアリーはフロリダ州の州境まで見送り、母娘は列車でニューヨークに達し、二月中旬ニューヨークから客船で帰国した。乗船前アドリアナはメアリーに次のようなお礼の手紙を書いた。

「今ニューヨークにいます。ニューヨークはとても素晴らしくわくわくします。けれどわたしの心はなつかしいフィンカと毎朝切り立てのあなたの草花と、それから手造りのパイと黄色いビュイックにあります。……メアリー、あなたはずっとわたしたちに素敵でした。そして旅行についても」(一九五一年二月十七日付)

クリスマスの贈り物

アドリアナはアーネストの羅針盤の北極点であり、北極点のアドリアナに向かって書き進み完成した『老人と海』は叙事詩ふうで迫力があり、『ライフ』誌（一九五二年九月一日号）に一挙掲載され、同時に単行本も出た。カバーの絵はアドリアナが描き、送ってきた画稿について、

「構図は素晴らしい。あなたのこのカバーがなければ書物はみじめなものになるでしょう」（一九五二年五月三十一日付）

とアーネストは賞賛の手紙を書いた。版元では多分に修整したらしかったが、漁師小屋と釣り舟をあしらった構図と画面いっぱい青い色調は無限に広がる海を暗示して印象的だった。

作品の反響も素晴らしく、『ライフ』誌は二日間で五百万部を売りつくし、単行本は二週間と経たずに五万部の発行部数を示し、ファン・レターが毎日七、八十通に及んだ。

アーネストは名声を一気に取り戻すと共に、再びアフリカ狩猟旅行を企てた。幸い『ライフ』誌からは四万ドル、旅行記執筆予定の『ルック』誌から、二万五千ドルの提供を受

けていた。前回のように、ポーリン一族の金持ちから援助を受ける必要はもはやないのだった。

しかしスペインへも行かなければならなかった。かつて共和政府を支持した人々はすべて投獄され、そんな悲惨の中へ出かけていく気はしなかった。が、内乱から十五年経った現在、人々はすべて釈放されていた。アーネストは一九五三年六月二十四日妻とニューヨーク出帆のフランドル号で先ずフランスへ渡った。ルー・アーブルに着くと、すでに帰国したアドリアナの長兄ジァンフランコが友人と出迎え、車でスペインに向かった。パリを経由して国境の町イルンからスペインへ入った。

イルンからパンプローナへ行くと、パンプローナはサン・フェルミン祭の最中だった。メアリーは夫と闘牛見物に熱中し、雄牛とたたかう名闘牛士の典雅な演技に感嘆した。さらにマドリードへ行き、アーネストにとっては内乱の記憶も生生しいフロリダ・ホテルへ投宿した。今はむろん内乱の跡形もなく、別れた妻のマーサもそこにはいないのだった。

アーネストは郷愁の地といっていいスペインに足を踏み入れたことに満足感を抱いてパリへ引き返し、マルセーユへ出た。八月六日同港出帆の英国船ダンノッター・カースル号で、二度目のアフリカに向かった。

アフリカの東岸モンバサ港に着き、首都ナイロビを経て南へ四十キロ、キタンガ農園まで行って狩猟の準備を整えた。農園主でプロハンターのパーシヴァルとは、前回の狩猟旅行以来二十年振りの再会だった。

今度はパーシヴァルに代わって、ケニア猟獣保護局の監視員デニス青年が案内役を務め、ポーター、料理人など数名の狩猟隊を編成した。それに『ルック』誌のカメラマンとキューバから来たハンターが加わった。一行は九月初旬二台のジープに分乗して、南部狩猟地区のサレンガイ川流域へ進み、キャンプして、先ずアーネストはライオンを一頭仕留めた。

続いて南へ四時間ばかりのキマナ湿原へ進み、キャンプをしてカモシカ、縞馬、野牛などの獲物を得た。アーネストは豹を一頭倒した。が、デニス青年が同時に発砲し、二人のうちどちらの弾丸が命中して豹を倒したのかよく分からなかった。メアリーは目撃して、デニス青年のほうと信じたが、待っていた『ルック』誌のカメラマンは、倒した豹の前でポーズを取るアーネストをカメラにおさめた。写真はそのまま翌一九五四年一月二十六日号の『ルック』誌の一ページカラー版となった。

アーネストの行為は自慢たっぷりに読者をたぶらかすものだった。メアリーはすっかり不愉快になって、夫の勝手な振舞いをとがめた。アーネストは何もいわず、しばらくして出会った豹を、今度は一発で倒してみせた。

メアリーにとって狩猟のハイライトは、前回のポーリンの場合と同じように、ライオンを一頭倒したことだった。デニス青年も同時に発砲し、背骨に当たり、メアリーの弾丸は右後足と臀部に命中していた。ライオンを倒したのはデニス青年の大型銃にちがいなかったが、ポーターたちは「ピガ、ピガ（倒した）」とメアリーの射撃をたたえ、オイル罐を叩いてライオンの歌を歌い、揚句にはメアリーを椅子に坐らせ、椅子を高々と持ち上げた。焚火の周りを回って歌を歌い、やっとテントの前にメアリーを下ろすのだった。

メアリーは金持ちのポーリンのようにポーターたちに祝儀ははずまず、当惑して人夫たちのお祭り騒ぎを眺めた。

キャンプ地で年を越し、狩猟は翌年の一月中旬まで続いた。アーネストにとって愛するアフリカの大地に戻って来た喜びは大きかった。彼自身次のように述べた。

「最初アフリカでは戦利品を得るので、次々に場所を移し狩猟をしたため大忙しだった。……幸運にも今度アフリカでは一か所にずっと長くいたので、それぞれの動物を知り、さらに蛇穴や穴の中に棲んでいる蛇も知ったのだった」（遺作『（夜明けの）最初の光の真実』）

さらに彼はマサイ族の風習になじみ、頭を剃り、スポーツシャツを種族にならって銹色に染め、槍を持ってたたかいの練習をした。終いにはマサイ族の娘デッバが気に入り、自分のフィアンセにしていた。デッバは白人の狩猟家アーネストと結婚したがった。一夫多妻の種族の慣習では、あながちそれはふしぎなことではなかったが、結婚するには正妻の許しがなければならなかった。メアリーは勝手気ままな夫の振舞いは愚かしすぎ、当たらずさわらず無関心を装った。幸い狩猟は予定通りに終わり、一月十五日狩猟隊はナイロビへ引き揚げた。

アーネストは二度目の狩猟旅行が無事に終わったのに満足しながら、妻への「クリスマスの贈り物」として、ベルギー領コンゴまでの空の旅を企てた。アフリカを空から眺める楽しみがあった。それが運命の一大転換になるとは知る由もなく、六日後の一月二十一日セスナ一八〇〇単葉機に妻と乗ってナイロビを飛び立った。

一日目は西へ進み、キブ湖畔に至って一泊、二日目は北上してエドワード湖の上空を通過して東に転じ、ヴィクトリア湖の西北端エンテベに着陸した。

三日目の一月二十三日、エンテベからアルバート湖を西北に進み、白ナイル川の上流マーチソン滝の上空を旋回するとトキの大群にぶつかった。機首を下げた直後、プロペラを電信の廃線にひっかけ、付近の薮の中へ不時着した。

ひどいショックを受け、メアリーは肋骨を痛め、失神しかけた。アーネストは右肩と右肘を脱臼した。パイロットのロイ・マーシュは元気で救助を頼む無線信号を送ったが応答はなく、一晩中そこで野営した。まだ運には見放されず、翌朝川を遡行してきた遊覧船に助けられ、アルバート湖の東岸ブティアベに着いた。

しかし運命は残酷で、上陸してエンテベに向かう自家用機に乗ると、自家用機はデ・ハビランド・ラピッド号という旧式な複葉機で、離陸した直後に墜落した。右側のエンジンは火を噴き、炎は機体に吹きつけた。同乗していたロイは窓を蹴破り、メアリーを助けて機外に脱出したけれど、アーネストの巨体では窓はくぐれず、彼は頭と右肩をドアにぶつけた。ドアはやっと開いて脱出したが脳震盪を起こしかけた。危うく死地を脱したとはいえ重傷を負い、後にヴェニスでレントゲン検査を受けた結果、「頭蓋裂傷、括約筋麻痺、右腕右肩捻挫、脊椎障害、肝臓腎臓の破裂」といういたましい症状を呈していた。

ふたたびヴェニス

アーネストは町のホテルで休養した後、再び空路ナイロビに至り、医者にかかった。医者は投宿したニュー・スタンレー・ホテルへやって来て診察すると、禁酒しての絶対安静をすすめた。アーネストは血尿まで出てひどい健康状態だった。肩や腕が痛み、鎮痛剤代わりによく酒を飲み、ウィスキーの空壜を部屋の片隅に並べた。

静養を心掛け、モンバサ港の南の村落シモニへ移りバンガロー暮らしをした。が、運命はどこまでも狂い、目の前の薮が燃え出した。誰か落としたたばこの火の不始末からだったらしく、アーネストは衝動的に走り出し、土民たちと棒切れを持って薮を叩いた。火勢は衰えず、よろめいて倒れ、土民たちに助けられてバンガローへ帰った。

幸い火は消し止められたけれど、シャツや髪の毛をこがし、手足を始め胸や首筋にまで火傷をつくった。その日メアリーは見舞いにきたデニス青年と海釣りに出かけて留守にしていた。帰ってみると、アーネストはカンバス椅子に腰を下ろし、苦痛に耐え、うめいていた。メアリーはびっくりして薬箱を取り出し塗り薬の応急手当てをしながら、ベッドに横になるように促した。が、「おれは病人じゃない」と、アーネストは矢庭にどなり立てた。

彼はかつて「人間がこの世に余り多くの勇気を持って生まれてくると、世の中は彼らを叩きつぶすために殺さなければならない。そこでもちろん殺してしまうが、叩きつぶされてもその場でかえって強く生きる人間がいる」(『武器よさらば』)と書いた通り、叩きのめされたと知りながら必死に立ち直り、生きようとしていた。

が、火傷の疼痛はおさまらず、夜は暑気も手伝って眠れず、めっきりやつれて見えた。ちょうどモンバサ港にはトリエステに向かう定期船アフリカ号が停泊していた。ヴェニスへ行き精密検査を受けることにして、三月中旬定期船に乗船した。そしてアフリカを離れた。

ヴェニスはなつかしい土地で、そこには忘れがたいアドリアナがいた。アフリカへ来てからも手紙を書いた。愛の手紙だった。「クリスマスの贈り物」の空の旅へ出かける直前、「あなたを愛すること、わたしにできるのはそれだけなのです。いつも心の中であなたを愛し、心の中では愛することの外何もできません」と書き、死地を脱してナイロビに着くと、「死にかけながらあなたを愛していました。そんなにあなたを愛したことはありません」とも書いた。二月十五日付の三通目には、「今度ヴェニスでお目にかかったら、愚かしいことはせず、あなたを困らせるようなことをするつもりはありません」と付け足して書いた。そのアドリアナのいるヴェニスへ行くのだった。

三月二十三日ヴェニスに着き、グリッティ・ホテルに投宿すると、ヘミングウェイ来訪の新聞記事を見て、旧知のフェデリコ伯爵がまっさきに訪れた。そして無事とはいえやつれた姿を見て驚いた。

アーネストはバスローブのまま安楽椅子に腰を下ろしていたが、髪の毛は焼けこげ、白髪が目立ち、がっしりした大きな体がちぢんで見えた。フェデリコ伯爵を迎えて喜ぶ声には張りがなかった。

フェデリコ伯爵はすかさず医者に診てもらうのをすすめ、翌日ヴェニスで名の通った外科医と内科医を伴ってきた。二人の医者は丹念に診察した。内科医は特にレントゲン検査をすることにして、翌日メアリーが付き添い病院に赴いた。レントゲン検査の結果は前述したようないたましい症状だった。

注意されるまでもなく、酒量はめっきり減っていた。体調は悪く、終日部屋にこもりきりだったアーネストの前にアドリアナは現われた。

アドリアナは最初アフリカでの飛行機事故でヘミングウェイ夫妻が行方不明とのラジオニュースを聞き、不安の念に駆られた。

「わたしは部屋の窓のほうへ行き、家々の屋根や煙突からくねって立ち昇る煙やくねる煙をくぐり抜け、羽音を立てて飛ぶ小鳥をじっと見つめた。その瞬間サン・マルコの鐘が時を打って響いた」同時に部屋の電話が鳴り、伯父からの通報でヘミングウェイ夫妻の無事を知ったのだった。アドリアナは後に回想記『白塔』にそう書き留めた。

しかし目の前には異形の人物がいた。髪の毛は焼けこげて醜く、大きな体もちぢんで見えたが、安楽椅子から立ち上がってアドリアナを抱きしめ、アドリアナは流れる涙をしきりに押さえた。

アーネストはアドリアナを不幸にした自分の作品にふれ、

「あの書物の女性はあなたではありません。主人公の大佐もむろんわたしでもありません。それはお分かりのことでしょう」

と、相手に説き明かすというより自分を納得させるふうにいい、

「あなたを愛している気持ちに変わりはありません。これから先またお目にかかれるように、わたしも生きていたいですね」

としみじみ打ち明けていい、そんなわびしいヘミングウェイを見たことがなかった。アドリアナは熱心に耳を傾け、アーネストは窓際に寄って行ったが、振り返ってアドリアナを眺める目に涙が浮かび、涙は頬を伝った。

「アーネスト・ヘミングウェイが泣くのを見たと、外の人にそういってください」

というヘミングウェイの言葉をアドリアナはそのまま回想記『白塔』に書き留めた。

アーネストの言葉は、涙と共に自己憐憫と自己顕示の誇張癖の交じり合った晩年の習性だったろう。アドリアナの背後にはヘミングウェイを話題にする人々がいつも群れていた。

その日メアリーはその場にはいなかった。

アーネストは一か月近く滞在して静養に努め、どうやら元気を取り戻したので、スペインを回って帰ろうと思った。メアリーは元気を回復したのを見届け、気晴らし旅行を考え、ひと足早くヴェニスを離れ、パリに向かった。夫とはマドリードで出会うつもりだった。

アーネストはイヴァンチック家のお別れパーティーに招かれ、アドリアナと会ったのはそれが最後だった。二、三日後の五月六日運転手を雇い、車でヴェニスを後にした。北イタリアを横切ってフランスへ入り、地中海岸に沿いニースに出た。一泊したが眠れない夜を過ごし、アドリアナに次のような手紙を書いた。

「もう朝の四時、そろそろ明るくなってきました。あなたのお顔も見えず淋しい限りです。お別れするのは身を切られる思いでした。ひとときもあなたを忘れたことはありません……」(一九五四年五月九日付、フランスのニースにて)

南フランスを走って大西洋岸に出、スペインへ入るとマドリードに直行した。間もなく妻が現われ、投宿したパレス・ホテルでうまく出会えた。

アーネストの症状はあらたまらなかった。背中の痛みを訴えて医者にかかり、五月いっぱい滞在した。六月に入って滞在を切り上げ、妻とイタリアのジェノアへ出、六月六日イタリア船に乗ってハバナへ帰った。そしてアドリアナに会うことはなかった。

アドリアナの後半生は不幸だった。数年後ギリシア人と結婚したが三年後に離婚した。ヘミングウェイの死後、一九六三年ドイツ人の伯爵と再婚して男の子を二人もうけた。ローマの北西部海岸寄りの農園に住んだが、ヘミングウェイとの経緯が去りやらぬ青春の夢として残りながら、もはや夢の中に生きている自分はなく、神経障害に苦しんだ。ヘミングウェイの後を追うようにして二度縊死を企て未遂に終わったが、二度目の一九八三年三月、助けられて病院へ運ばれ、病院で死去した。享年五十三歳だった。アドリアナは狂わしいヘミングウェイの愛を受け、愛の中に生き、愛の犠牲者となって命を落とした悲劇的な女性だった。映像のひとかけらが『川を渡って木立の中へ』の女主人公レナータとして、彼女にとっては不本意に残り、彼女は自分の正体らしいものを回想記『白塔』に書き留めた。

終わりの女

ノーベル賞のメッセージ

ハバナへ帰ったその年、一九五四年十月二十八日のＵＰ電はアーネスト・ヘミングウェイのノーベル賞授賞を伝えた。アーネストは体調が悪く背中は痛み、十二月十日ストックホルムにおける授賞式には参列できず、スウェーデン駐在のアメリカ大使ジョン・キャボットがメッセージを代読した。メッセージの一部は次の通りだった。

最高の作品を書くことは孤独な生活です。作家にとっての組織は、作家の孤独を減少させはしますが、著作を向上させるかどうか疑わしい。孤独から脱却すると公人としての背丈はのび、自己の作品はしばしば低下します。というのも自己の仕事は自ら作家がひとりでやるものであり、真にすぐれた作家の場合は、日日永遠に、あるいは永遠の欠除というものに直面しなければなりません。

このメッセージには受賞を単に喜ぶというより、体調の不良も手伝い、孤独に徹した自己洞察の苦悩が滲み出ていた。

彼の人生は決して喜ばしいものではなく、三度の結婚に失敗し、最後に愛したアドリアナは消え、メアリーと自分だけが取り残されていた。死がどこかに見え始めると、後に残らなければならないメアリーを案じる思いに駆られ、次のような遺書を認めた。

わたしの死後の財産はすべてメアリーが受け取り相続すること

署名して、一九五五年九月十七日の日付とした。

アーネストは腎炎と肝炎を併発して二か月も病床に横たわっていた。しかし死にはしなかった。翌年の夏はスペイン旅行を企て、八月下旬妻とフランスへ渡り、パリで運転手を雇い、車でスペインへ入った。マドリードへ直行したのち、郊外の町エル・エスコリアルへ行って滞在した。古い僧院のある町は静かで、保養にはもってこいだった。

が、アーネストはマドリードへ出かけ、酒を飲んで酔っぱらい、たちまち体調をくずした。胃炎や腸炎を患い、マドリードの病院でレントゲン検査を受けると、肝臓機能低下や大動脈周囲炎の症状も出た。医者から絶対禁酒といわれ、気落ちして帰った。十一月下旬パリに戻り、リッツ・ホテルに滞在して医者にかかり、症状が平常に戻ったのをたしかめ、翌年（一九五七年）一月下旬ハバナへ帰った。

ちょうどアーネストは、リッツ・ホテルの地下室に預けてあった二個のトランクを持ってきた。預けたのは三十年前のことだった。トランクに入っていた鉛筆書きの十二冊のノートブック、新聞の切り抜き帳、タイプ打ちの原稿など、往時の記録を辿り、青春のパリの回想記『移動祝祭日』の草稿を書き進んだ。

一九二〇年代、青春の日を共に過ごした人々の記憶は鮮やかに浮かんだ。文学修業のためパリに赴き、まっさきに教示を乞うたガートルード・スタイン、文学活動の拠点となった文学雑誌『トランスアトランティック・レビュー』の主宰者フォード・マドックス・フォード、さらに『偉大なギャツビー』の傑作を書きながら狂気の妻に悩まされた花形作家スコット・フィッツジェラルドなど。——が、青春の日は遠く過ぎ去り、親交した人々はすでに亡く、当時の交遊をとどめる記録が幸いにも残っていた。私信もあってすべて私事に亘り、青春の逸脱は胸におさめ、抹殺しておきたかった。そこで彼はためらわず二度目の遺言を次のように書いた。

わたしが生存中に書いた書簡類は一切公表しないこと、従って書簡類はすべて出版せず、いかなる出版社の刊行にも応じないことをここに要請し指示する。

遺言執行人へ

一九五八年五月二十日と日付を入れたが、数日後、「重要書類、死後開封、一九五八年五月二十四日」とタイプで打った封筒におさめた。この遺言状は、アーネストの死後、蔵書室の書類の間にあったのをメアリーが見つけたものだった。

ハバナもむかしのハバナではなくなっていた。

政情は不安を極め、バティスタの独裁政府がフィデル・カストロの率いる革命軍の攻撃を受け、砲弾は街の周辺に落下して、フィンカ荘にも危険が及びかねなかった。愛犬は政府軍の警備兵によって射殺された。夏の炎暑を避け、サンヴァレーに近いケチャムに滞在していたアーネストは、次男のパトリックに宛てキューバの現状を次のように伝えた。

「キューバは今は本当に悪い。おれは危険な恐怖の大猫じゃないが、誰もまっとうな者のいない国に住んでいる——左右両派とも凶悪だ——新しい連中がやって来ても、どんな類のこと、どんな類の殺人が続いて起こるか分かりつつあるし、現在の連中の悪弊も見ているし、——全くうんざりだ」（一九五八年十一月二十四日付）

うんざりするキューバを離れたい気持ちが手伝い、翌年（一九五九年）ケチャムの町はずれ、ウッド川の対岸にある山荘ふうの二階家を宅地と共に五万ドルで購入した。

しかしキューバはキューバ、同年四月には元気になったのを幸い、妻とスペインへ渡り、各地の闘牛を見て回った。むしろ昂奮と熱狂の日日を取り戻したいのだった。そして彼の前に、消えていったアドリアナに代わり、ダブリン娘のヴァレリーが現われた。

闘牛と女性秘書

闘牛見物とは別に、アーネストはスペイン南部の港市マラガの郊外に住むビル・デーヴィスの招待を受けてやって来たのだった。デーヴィスはカリフォルニア州の出身ながら貿易商だった父の遺産によって、十年来「ラ・コンスラ」（領事館）と自称する大理石造りの豪邸に住み、スペインと闘牛の作家ヘミングウェイ・ファンだった。

「ラ・コンスラ」に着くと、アーネストはさっそくデーヴィスの運転する車で、花形闘牛士アントニオ・オルドネスの出場する闘牛を追って見物した。五月十日マラガの闘牛から始まって夜も車を走らせ、コルドバ、セヴィリャとめぐり、マドリードへ行った。

アントニオはマドリードの南アランフェスの闘牛で、左臀部を牛の角に刺され重傷を負った。マドリードの病院へ運ばれるとアーネストは病院へ駆けつけて病状を見守り、熱狂的な闘牛愛好家振りを披露した。メアリーは疲れて風邪を引き、途中から「ラ・コンスラ」へ帰った。

アーネストもいったん帰ったが、アントニオの負傷が癒えると、待っていたようにデーヴィスの運転する車に乗って、アントニオの出場する闘牛を追った。夜間は車の中で眠って早朝の出発に備え、闘牛とアントニオを追う日日を繰り返した。東北のサラゴサから地中海岸のアリカンテとバルセロナへ行き、マドリードに戻った。

すでに七月に入り、パンプローナのサン・フェルミン祭が近づいた。メアリーは「ラ・コンスラ」からマドリードへ行き、アーネストの一行に合流して、サン・フェルミン祭のパンプローナに赴いた。

アーネストは熱狂的な祭りの日が気に入って、朝は七時から起きて街を歩き回った。広場の長テーブルを前にして坐り、署名を求めてやってくる人々や只酒を飲みに現われる見も知らぬ連中を相手に、ウオッカやワインを飲み、酒浸りになってしゃべりまくった。やっと帰って寝るのが午前三時だった。恐ろしく夜の長い、不規則な生活にすっかりはまり込んだ夫は、それまでとは違った異様な人間に見え、不可解で、不快感さえ煽られ、今度のスペイン旅行にはメアリーは困惑した。『自伝』には次のように書いてある。

汚れたテーブル、こぼれた酒の饐えた匂い、署名を求めるか、只酒にありつくかして寄ってくる見知らぬ連中との愚にもつかないおしゃべり、そしてアーネストの繰り返すほら話。真夜中の食事前の四時間、とても辛抱できずに、わたしは読書や休息や果物を一切れ二切れの食事をするため、サン・フェルミン通りをひとり帰った。

闘牛はむろんスペインの暮らしにもなじめない妻のメアリーは、今はアーネストにとって無用な余計者となり、縁のない他人と同じことだった。そこで彼は本心をさらけ出し『危険な夏』で次のように書いた。

パンプローナは妻を連れてくる場所ではない。それは男の祝祭で、女は悶着を引き起こ

ヘミングウェイと女性秘書ヴァレリー
(J. L. カスティーヨ・プーチェ『スペインのヘミングウェイ』より)

すのだ。むろん意図的ではないにしても、殆どいつも悶着の種になっている。……終日終夜ワインを飲み、招待してくれた他国の連中と踊れるなら、自分の衣類に落ちこぼれるものも気にかけないなら、ひっきりない騒音や音楽が大好きで、爆竹、とりわけ体のすぐそばに落ち、衣類を燃やすようなものを面白がるなら……雨に濡れても風邪を引かず、塵埃も気にはならず、無秩序や不規則な食事が好きで眠る必要がなく、水道が無くてもこぎれいにしていられるなら、それなら妻を連れてくるがいい。が、妻はきみよりましな気のきいた男のほうへ行き、多分妻を失うだろう。

アーネストのそばには無用で余計者の妻の代わりに、ダブリンから来た若い女性のヴァレリー・ダンビィ・スミスがいた。ヴァレリーは中産階級の出で十九歳、十年前ヴェニスで出会ったアドリアナとほぼ同じ年頃だった。ヴァレリーはベルギー系の通信社の通信員となってマドリードに滞在中のアーネストを訪ねインタビューをした。以来彼は若い女性を手放さず、闘牛見物にも伴い、「ラ・コンスラ」まで招き、月二百五十ドルで秘書に雇った。ヴァレリーはアドリアナの気品と優雅な面持ちはなかったが、若くきびきびした魅力があって、アーネストの心をとらえた。ヘミングウェイに対する畏敬の念も生まれ、ヴァレリーも秘書の役割に満足して事務処理をよく果たした。スペインではアーネストにぴったり寄り添い、メアリーは無残にも押しのけられていたが、後ハバナまで来てアーネストの仕事を手伝い、メアリーとはむしろ親密な関係を保ち、アーネストの死後、一九六六年三男のグレゴリーと結婚した。

それはさておき無用な余計者の屈辱を払いのけ、メアリーは七月二十一日のアーネストの誕生日を祝い、盛大なパーティーを企てた。アメリカ始めヴェニスの友人知己を交じえ三十人余りを招待するのだった。

当日は「ラ・コンスラ」の大広間に日本ふうの提灯をつるし、爆竹を鳴らし、フラメンコの踊り子も登場してパーティーは華やかに始まった。シャンペンの乾杯を繰り返し、楽団が加わって夜通し踊った。アーネストは妻とは離れ離れになって、若い秘書のヴァレリーと踊ったが、アドリアナの場合よりもさらに年老い、娘とたわむれるおぞましい老人の姿に見えた。

アーネストはにこやかに応待したものの、陰に回って険しい顔を妻に向け、「こんなに金を使ってどうするんだ」といってとがめ立てた。費用の大半は、実はメアリーがスポーツ誌に書いた記事の稿料でまかなっていた。

さらにお祝いパーティーはメアリーの思惑とは裏腹に、アーネストの神経を逆撫で、彼は後に、

「メアリーがこんなに恐ろしく盛大で愉快なパーティーをしなければ、自分が六十歳になったことに気がつかなかったろう。おかげで六十歳がいやというほど頭の中へ入りこんでしまった」(『危険な夏』)

と書いた。

アーネストは自分を六十歳にした妻を突き放し、若い女性秘書のヴァレリーと一緒にアントニオを追い、アントニオの出場する闘牛を恐ろしい勢いで見て回った。

闘牛シーズンはひとつのクライマックスを迎えていた。それはアントニオの義兄の老闘牛士ルイス・ミゲルと、若手の人気者アントニオの対決だった。それぞれ三頭の牛を殺し合って妙技を競うのだった。

最初はヴァレンシアで対決したが、ミゲルは牛の角に腹部を刺されて負傷した。ほぼ全快した八月十四日にマラガで対決した。その後ミゲルはビルバオで牛の角に太股を刺され、アントニオはフランス側の大西洋岸に近いダクスで牛に足を踏まれ、負傷したため対決は当分中止となった。対決を見て回ったアーネストは落胆した。

が、九月に入り、アントニオは負傷が癒えて出場した。前回と同じように待ちかまえていたアーネストはアントニオを追い、アンダルシア地方を東から西へ走り回った。同行する妻のことは一切かまわず、デーヴィスの運転する車の前部座席には、ヴァレリーをはさんでアーネストがいつも坐っていた。夜はアーネストは車の中で眠り、朝は朝食もとらずに闘牛場へ急いだ。彼は獲物を狙って突き進む狩猟家のようであり、死に挑む老闘牛士のようでもあった。

メアリーはすっかり縁のない存在になって、妻の座から転落する屈辱や疎外感を払いのけ、最後に「ラ・コンスラ」に帰着すると、別れてひとりパリへ行った。

闘牛シーズンはすでに終わっていた。アーネストはアントニオ夫妻を誘い、パリへやってきたけれど、メアリーはひと足先に帰国し、くすぶっていた怒りをぶつけ、「あなたにご用のない人間なら、別居してニューヨークへ出、自活の仕事をさがします」と手紙に書き、パリにいるアーネストをあわてさせた。即刻反対の電報を打ったが、それも、妻に依存しなければならない生活が待っているのをいやという程知っているからだった。そして妻のいるフィンカ荘へ帰らなければならなかった。

アーネストはさらにアントニオ夫妻を誘い、十一月上旬ハバナへ伴った。ケチャムへも行く予定なので、メアリーは先回りして山荘に赴き、来客の到着を待った。アーネストは自ら運転する車で、アントニオ夫妻とアメリカ本土のドライヴ旅行をした。

アントニオ夫妻はケチャムの山荘に数日間滞在して帰国した。それで闘牛が終わったわけではなく、アーネストは『ライフ』誌と契約した闘牛の物語を懸命に書き始めた。

妄念と正気の日日

スペインの夏

十一月下旬、執筆に熱中しているアーネストの身に意外な災難がふりかかった。アーネストとかも猟に出かけたメアリーが凍った雪道で滑り、転倒して左肘を骨折したことだった。車でサンヴァレーの病院へ運ばれ、接骨手術をしてギプスをつけ、一日入院した。

アーネストはすっかり不機嫌になっていら立ち、執筆ははかどらなかった。妻は転倒しなくてもいいのに転倒し、おまけに骨折までしていた。生活は狂い、彼は毎日町まで買い出しに行くのだった。妻は自分の仕事の邪魔をする気だ。いら立つ気持ちが疑念を生み、被害妄想ふうの憤懣が手伝い、妻の事故や負傷をいまいましがった。

アーネストはむら気になって電燈をつけたり消したりした。猟友から夕食に招かれて行った時には、不可解にいら立ち猜疑心が募った。猟友の運転する車に妻と乗っていたが、夕暮れどきで仄暗く、雪が降り途中の銀行の窓だけが明るかった。アーネストは目敏く見つけ、

「誰かおれの通帳を調べている」

と口走った。

メアリーは聞き流す代わりにすぐ否定した。銀行では支店長が居残って業務を続けているか、いつもの掃除婦がおそくまで片付け仕事をしているか、どちらかにちがいなかった。

「奴等は客から何かを探り出したいんだ」

とアーネストはいい続け、

「奴等はおれたちをつかまえにくる。奴等？　ＦＢＩ（連邦捜査官）だ」

とつけ足した。

アーネストは金を使いすぎ、いつも貧乏になるのを気にしていた。そんな私事を探られるのを恐れてもいた。そしてハバナのなじみの酒場「フロリディータ」の客には、現職のＦＢＩや元ＦＢＩだった男が交じっていた。

ケチャムの山荘の暮らしは不自由でもあり不安でもあった。翌年（一九六〇年）一月上旬、妻とハバナの自宅へ帰って執筆を続けた。が、妻のギプスは取れずにタイプ打ちはで

きず、ダブリンへ帰っていた秘書のヴァレリーを呼び寄せた。

肝心の原稿は雑誌と契約した一万語をこえ五月末に書き上げた時には十万語を越えていた。削除にかかると目はかすみ、仕事は遅遅として進まなかった。やむなく今度は昵懇だった編集者のホッチナーをニューヨークから呼んで手助けを頼んだ。ホッチナーは『コズモポリタン』誌へ『川を渡って木立の中へ』を連載した当時の担当記者で、今はフリーのライターだった。ホッチナーは協力して九日間をかけ五万語までに削り、あとは雑誌の担当者にまかせることにして、「危険な夏」と題した原稿をニューヨークへ持参した。

「危険な夏」とは皮肉な題名だった。前年の夏の闘牛シーズンは、若手のアントニオはむろん老練なミゲルも度々負傷し、まさに二人にとって「危険な夏」だった。さらにアーネストとメアリーの結婚生活も破綻しかねない危険な有様だった。

むしろ危険はアーネストの身に及んでいた。彼は闘牛とアントニオを追って走り回り、くずれかけた体調を悪化させる要因をつくっていた。いつの間にか神経障害をきたしたばかりか目はかすみ、若い女性秘書と旧知のホッチナーの手まで借りた。

ホッチナーは万事引き受けてニューヨークに戻ったけれど、雑誌の編集者まかせにした不満は募り、アーネストは落ち着かなかった。スペインではすでに闘牛シーズンが始まっていた。アントニオにも会い、アントニオの演技を見て、「危険な夏」の記述の精確度をたしかめたかったし、記述にぴったりの写真も探したかった。写真だけは編集者まかせにはできなかった。

　アーネストは急遽スペインへ行く決心をした。七月二十五日、メアリーとヴァレリーが付き添い、アーネストはハバナからキー・ウェストへ渡ったが、ヴァレリーの入国ビザの期限が切れていた。移民官から注意され、妙な不安が襲った。そのまま入国すると、彼は不正入国の共犯者になりかねなかった。それよりも何よりもヴァレリーは逮捕されて処罰されることになる。若い女性秘書の身を案じながらも先を急ぎ、マイアミから空路ニューヨークに至り、さらに空路マドリードに向かった。

　メアリーとヴァレリーは鉄道でニューヨークへ行き、アーネストの帰りを待つことにして、東六十二丁目一番地のアパートを借りた。ヴァレリーは近くの女客だけのホテルへ移り、メアリーはひとりになって久し振りのニューヨークを楽しんでいたが、妻の愉快な気分とは裏腹にアーネストは疲れきってマドリードに着いた。出迎えたビル・デーヴィスの車で「ラ・コンスラ」までドライヴしたが、不安な気持が消えず、断崖の急なカーヴを気にした。デーヴィスは車を止め、自分を崖から突き落とすかもしれないのだった。「ラ・コンスラ」では部屋にとじこもり、終日寝ていた。二、三日経って隣接するマラガの闘牛場へ出かけ、普通席の見物客の間にまぎれこんだ。小うるさい新聞記者の目をそらすためだった。

が、ヘミングウェイの動静はいち早く伝わり、新聞記者連中は「ラ・コンスラ」にも闘牛場にも現われ、本人の姿を確認することができず、八月八日のラジオ放送は、

「ラ・コンスラの友人デーヴィス氏方に数日来滞在中のノーベル賞作家アーネスト・ヘミングウェイは突然倒れて死去しました」

とまことしやかに伝えた。

このニュースは、スウェーデンの通信員からのものだったらしく、ニュース源ははっきりしなかったにせよ、ヘミングウェイ死去のニュースはアメリカの放送局でもとらえて流し、メアリーはまごついた。信じられないことが起こっていた。各マス・メディアに真偽の程をたしかめているうち、幸いアーネストから「無事」の電報が届いた。

アーネストもさすがに驚いてメアリーに打電したが、それからは忘れずにしばしば妻には便りをした。が、いずれも体調の不良を訴える文面が目立った。次に引用してみる。

「……素晴らしいモーテルでもここ（ラ・コンスラ）でも眠れなかった、腹部の劇痛と悪夢。が、昨夜は初めてぐっすり眠り、さんざん（プールで）泳いでいつものように疲れたが、頭は疲れません。とてもわびしく、闘牛商売は今は腐り切って大して重要とも思

えないし、わたしにはもっといい為すべき仕事があります。……ここでは終日きりもなく写真（いつも記事にぴったりの写真）を漁っています。……わたしの恐れている唯一のこと（ひとつだけではないが）は、とんでもない過労のために、体力も神経もすっかりひび割れてしまうことです。こんな手紙を書いて申し訳ないが、どうも体がしっかりしまっていないのでね。機会のある度に休息しようとするけれど、ニューヨークの時よりもひどく気分が悪い。強い酒は飲んでいません。いいワインは心が浮き立ち、飲まないとひどくいらいらしますが、それでもわたしにはよくないようです。仕事のケリがつき次第、何はともあれここから抜け出したいですね。あなたもいないし、むかしの美しい生活もなく、淋しいばかりです。あなたのせいで、アフリカについての郷愁を覚えました。この馬鹿馬鹿しい闘牛商売は今は嫌悪するばかりで、仕事をすっかり終わらせ、いやなことを追い払いたいですね。九月にキューバへ行く気はありません……」（一九六〇年八月十五日付、ラ・コンスラにて）

長文の手紙はまだ続くが、折悪しく八月二十四日アントニオは大西洋岸のビルバオの闘牛で雄牛にぶつかり、脳震盪を起こし、病院へ運ばれた。アーネストは遥々ビルバオの病院へ行き、一晩中容態を見守った。マドリードに戻ると疲れ切って、四日四晩寝ていた。

一方「危険な夏」は三回連載の予定で、第一回は『ライフ』誌の九月一日号に載った。航空便で届いた雑誌を手にすると、たちまち不快感が襲った。表紙のカラー写真は闘牛を見守るヘミングウェイの半身像だが、それは顔のシワの目立つ白髪の老人の姿だった。さっそくメアリーに便りをした。

「雑誌のおかげで胸が悪くなりました。……表紙のぞっとするような顔……(『老人と海』の)老人にたとえるジャーナリズム……こんな仕事をしてまさに恥入り胸が悪くなりました」

と書いたが、

「ここへ来たときは気分はずっといい。よく眠り、三十回も往復して泳いだ。……頭がやはりすっきりしないので、元に戻るように努めています」(九月七日付、マラガにて)

と付け加えていた。

が、体調も気分もハッキリせず、

「あなたがここにいて、あなたの世話になり、神経衰弱にならないように助けて欲しい。恐ろしく気分が悪く、今静かに横になって休もうとしているところです」(九月二十三日付、マドリードにて)

とメアリーに訴えて書き、最後に、

「こんなことから抜け出し、あなたとケチャムの健康な生活に戻り、執筆に支障のないように頭をはっきりさせなければならない。……とても眠れない。あれやこれやうっかりしていた記憶もよくない。飲酒も一番軽いクラレット（フランスの赤ぶどう酒）以外はよくない。山積している問題を片付け、健康になって素敵な作品を書きます」（九月二十五日付、右同所）

と書き、体調の不良に苦しんでいた。

もはや手紙も書かず、終日黙って部屋にとじこもった。アーネストの身を案じ、マドリードへやってきたビル・デーヴィスとホッチナーは帰国を促したものの、アーネストはジェット機での帰国を拒否した。ジェット機は客が多く、ジロジロ見られて不安だった。ホッチナーはやむなく飛行時間が倍もかかり客の少ないプロペラ機をえらんで、予約をした。アーネストは十月六日マドリードを後にして空路帰国した。出迎えたメアリーの案じ顔には無関心を装い、ポケットから酒壜を取り出して口飲みを始め、放埒な素振りを見せびらかした。が、神経衰弱の症状はあらたまらないどころか、悪化していた。ニューヨーク東六十二丁目のアパートへ行ったけれど、浮き立つ様子はなく、

「おれをつけて戸の外で待っている」

といい、何者（多分ＦＢＩだったろう）かにおびえ、部屋に隠れて出てこなかった。アーネストは妄念と正気の間を行きつ戻りつする不安で不可解な人間になっていた。

山荘の出来事

メアリーは静養を促し、アーネストと汽車でケチャムに赴いた。一番近いショショー駅で下車すると、駅の反対側のレストランからトップコートの二人の男が現われた。アーネストは目敏く見つけ、

「おれの後をつけている」

と呟いた。二人はジーパンスタイルの土地の人間でないことは明らかだが、アーネストには何も関係のないセールスマンだった。

山荘に戻って落ち着いたはずだったが、不安な精神状態は変わらないばかりか、被害妄想ふうな猜疑心が加わった。彼の後をつけてきた男たちはウッド川を渡り、ベランダの下から現われるかもしれないのだった。ビザの更新をしなかった秘書のヴァレリーも気になった。違法行為で逮捕されているかもしれない。何も書かないので貧乏になる懸念が募り、メアリーは念のためニューヨークのモルガン銀行へ電話をした。預金の残高を調べてもら

う と、二、三年の生活費に足る額は十分にあった。

が、アーネストは「ウソをついてるんだ」といって、銀行の応答を信用しなかった。

短編集「ニッケ・アダムズ物語」のテレビドラマ化の話が気になり、シナリオを手がけているホッチナーをニューヨークから呼んだ。ホッチナーは山荘へやって来たものの、テレビドラマ化の話はどこへやら、

「おれはFBIに追われている」

と独り言を繰り返した。

ホッチナーは暗然として、ニューヨークで名のある精神分析医コテル博士の助言をメアリーに伝えた。彼は博士に症状を話し、博士は精神科の専門病院で診察を受けるのをすすめていた。アーネストはそんな助言は聞こうともしないで、

「おれは病人じゃない」

といい返した。

毎日血圧を測りにくる主治医のジョージ・セーヴィアズは、ミネソタ州ロチェスターにあるメーヨー・クリニックをすすめた。そこは総合病院で、高血圧はむろん肝臓や腎臓の障害にも持ってこいだった。アーネストは説得されて渋々応じ、十一月三十日ケチャムの手前のヘイレーからチャーター機でロチェスターに至り、メーヨー・クリニックへ入院し

た。マス・メディアに知れ、大々的に報道されるのを恐れ、主治医のジョージ・セーヴィアズの名前にした。

メアリーは病院の付属施設であるカラー・ホテルに宿泊して、毎日病院へ通った。メアリーもジョージ・セーヴィアズの妻と名乗った。

病院で診察した結果、糖尿病と肝臓肥大の症状に加え血圧が高く、最高二二〇だった。それは積年のアルコール類の飲みすぎのせいだった。神経障害からくる鬱病の症状は、高血圧を下げるために飲んでいた薬剤レセルピンに依るものらしく、病院では薬剤の投与をしなかった。

入院は長引き、アーネストは病院の用紙に奇妙な手記を書いた。それは次のようなものだった。

関係当事者殿

妻のメアリーはわたしがいかなることにせよ不法な行為をしたとは夢にも考えず、信じてもいません。財産や対人関係についても疑念を抱かず、やましい考えを持っていません。わたしは高血圧に悩み、ジョージ・セーヴィアズ医師から異常に高いという診断を受け、妻は新聞記者に押しかけられるのを避けるため、友人である同医師の承諾を得て、同医師の名前でホテルに投宿しました。妻はわたしの不正や不法行為について何も知らず、わたしの財産の詳細については殆どわきまえず、わたしの手渡す資料によって税金の申告の手助けをしているにすぎません。わたしの手提鞄には妻のラベルが貼ってあります。そのようにしてわたしが旅行をする唯一の理由は、新聞記者を避けるためで、わたしが長年やってきた慣習であり、ニューヨークで妻と出会ったときからも妻は何ら疑念を抱いていません。妻は決して共犯者ではなく、いかなる意味においても逃亡犯人ではなく、信頼する友人医師の助言に従っているにすぎません。（一九六〇年十二月四日、ミネソタ州ロチェスターにて）

彼は一九一五年、少年の頃ワルーン湖畔で大さぎを撃ち落とし、監視官にとがめられ、逃亡した。が、十五ドルの罰金を払わされた。第二次大戦中はフランスのゲリラ隊の隊長となって手榴弾を持ち、ゲリラ隊とパリ解放の戦闘に参加した。従軍記者として「ジュネーヴ協定」（戦時通信員服務規定）違反が問われ、軍の査問を受けたことがあった。その他さまざまな逸脱行為を想起しながら、ＦＢＩに追われる妄念から逃れられず、妻を共犯者に仕立てないための懸命の努力をしていた。

一方メアリーはクリスマスの前夜、夫の症状につき日記には次のようなメモを書いた。

「ここへ来た時と殆ど変わりなく精神的に混乱しむら気である。……FBIがテープレコーダーを持って浴室に隠れているとはもはやいわない。……何か恐ろしい気がするとまだいっている。移民法を破ったことを今でもぶつぶついっている（ヴァレリーについて口には出さないが罪悪感を抱いている）ケチャムの家は何か未払いがあるので差し押さえられると確信している。……依然金がないと感じている。……まだFBIに捕らえられるのを待っている」

メアリー自身も夫の妄念と正気の間を行きつ戻りつして混乱し、自重自戒を確認するメモを書いた。――「毎日毎日を最良のものにすること、一日をこの上もないものと認識して、楽しく、くよくよせず、最も幸福にすること、夜は哀しくみじめにならず、希望を抱いて就寝すること、借り物の風習ではなく自分の趣味によって自分を鍛えること」

メーヨー・クリニックの精神病科主任のローム博士は綿密な計画によって週二回の電気ショック療法を試みた。十二月から年を越して一月上旬まで十五回に及び、効果があったらしく外出もでき、アーネストは快方に向かった。退院の許可が出て、一月二十二日ケチャムへ帰った。

が、病状はあらたまらなかった。間もなくワシントンの一婦人から大統領に就任したジョン・ケネディへの献呈本にするため、著書を一冊送ってきた。献辞を書いて欲しいのだった。彼は机の上に紙をのべたものの、手は震え文字はうまく書けなかった。肝心の文句も頭に浮かんでこなかった。一週間かかって三、四行の文句を書いたが、それから三か月近く経った四月二十一日の朝、散弾銃を持って玄関広間の入口の近くに立っていた。

窓の敷居には薬莢が二つ置いてあった。

メアリーは夫の様子を見て不安の念に駆られながら努めて平静を保った。銃はもぎ取りかねた。夫の激情を誘発すると最悪の事態を招くかもしれないのだった。夫は銃を持っていら立ち、自分に向かって発砲するか、それとも自殺するか、不吉な予感を押さえ、夫の気持ちを鎮めにかかった。愉快なむかしを思い出して話しかけると、ちょうど幸い主治医のセーヴィアズが現われた。セーヴィアズは即座にサンヴァレーの病院へ電話をして、同僚の医師と医員の応援を頼み、二人は車で駆けつけた。

セーヴィアズ医師は応援を得てアーネストを説得した。血圧は病院へ行って測るのがいいのだった。アーネストは黙ってうなずいた。医師に従って病院へ行き、病院では鎮静剤の注射をしてアーネストは眠ったが、翌日になると起き上がり、「忘れ物を取りにいく」といって病室を出た。医員と女性の看護師が付き添い車で山荘に着いた直後、アーネストは車からとび出し、家の中へとび込んだ。

銃架から散弾銃を取ったけれど、後を追った医員は両腕を押さえて銃を取り、看護師は薬莢を抜き取った。

アーネストは病院へ連れ戻されたが、病院では加療の方法がなく、三日後の四月二十五日ロチェスターに行き入院した。今度は普通の病室ではなく、窓に鉄格子のある特別病棟の病室で、厳重に鍵がかかり監視人がいた。そして引き続き電気ショック療法を行った。

メアリーは山荘にひとり残ってわびしい日を送り、「退院の許可が出るまで医師のいう通りにしていてください」と手紙を書き、五月一日ロチェスターに赴き、病院では特別室で夫と会った。

アーネストはそわそわして落ち着きがなく怒りっぽかった。「……おれが刑務所へ行くように、あれこれそちらで仕組んでいたんだ。……おれに電気ショックを受けさせておけば、それだけでおれが幸せだと思っているんだ」と声高にいった。

メアリーは返す言葉もなく面会を切り上げ、ニューヨークへ飛んだ。留守にしていたアパートが気がかりだったのに加え、退院後の夫のリハビリを考え、適当な施設を探すためだった。施設は見つからずひと月余り滞在したが、メーヨー・クリニックのローム博士からの電話でロチェスターに呼び戻された。夫は性的能力が回復したので「ひと晩ご一緒してみませんか」というのだった。

アーネストの病室はテーブルの上に書物や雑誌などが乱雑にのっている以外何もなく、独房のように殺風景だった。その夜メアリーは夫とひとつベッドに寝たけれど寒々とした気分が襲い楽しくなれなかった。が、夫の性的能力はたしかに回復していた。三日経ってローム博士から退院の許可が出た。

許可の出る前、セーヴィアズ医師の九歳の息子が心臓病でデンヴァーの病院に入っているのを知って、アーネストは情感にみちた次のような手紙を書いた。

「ロチェスターはとても暑くむしむししますが、二日前から涼しくなって気持ちがよく、夜は眠れるので素晴らしい。このあたりの地方はとりわけ美しい。むかし筏のあった頃筏流しをやっていたミシシッピ川沿いのある素晴らしい地方や、開拓者たちが北進して通った踏み跡を見る機会がありました。なにか見事なすずきらしいものが川からはね上がるのを見ました。以前はミシシッピ川の上流について何も知りませんでしたが、本当にとても美しい地方で、秋にはきじやかもが沢山います。

が、アイダホ州ほどではありません。二人ともじきにあちらに戻っていって、病院での体験を笑って話せたらいいと思います。

ではお元気で。きみがいないのでとても淋しい時代おくれの親友より」（一九六一年六月十五日、ロチェスターにて）

このまっとうな手紙は自殺する二週間ばかり前のもので、全快した少年と談笑する希望を抱く反面、死の影から抜け出すことができず、生と死の間で苦悶する人間の姿が浮かんでくる。ヘミングウェイは矛盾する自己の生そのものにも絶望するのか。そう推測すると、この手紙にはまっとうで哀しい悲壮感が宿る。とはいえヘミングウェイの内面の葛藤を誰が感知し得よう。

ローム博士はこのまっとうな手紙によって決断を促されたのかもしれなかった。メアリーは不安だったが、疑念を投げかける証拠もなく、万一の用心のため、ニューヨークで昵懇にしていた、元ボクサーでジムを経営しているジョージ・ブラウンに来てもらい、二、三日後の六月二十六日レンタカーでロチェスターを後にした。ジョージが運転してゆっくり進み、五日かかって六月三十日午後ケチャムの山荘に着いた。途中変わったこともなかったが、「ワインを持ってきたので州兵にとがめられる」とアーネストはいいだし、後部のトランクからワイン壜を取って路傍の溝にすて、禁酒州を通過した。

翌日は土曜日で、町のレストランで夕食をすると、片隅の席で黒っぽい服の男が二人食事をしていた。アーネストは目敏く見つけ、「ＦＢＩだ」と呟いた。メアリーは急いで否定した。二人の男はトウィン・フォールズからやってきたセールスマンだった。

何事もなく夜更けて山荘に戻り、アーネストは妻とは別の寝室に入った。それは山荘にきてからの習慣だった。メアリーはイタリア民謡を口ずさんで、「お休み」をいい、アーネストは民謡の後を口ずさみ、調子よく応じた。翌朝の惨劇をメアリーはついに予測することができなかった。

翌朝アーネストは秘かに起き上がって階段を下り、台所から地下室へ入った。メアリーはそこに銃を隠していた。彼は愛用の猟銃を取って玄関広間に戻り、銃口を口蓋に押し当て引金を引いた。

その日一九六一年七月二日（日曜日）の午前七時半ごろ階下から銃声が響き、メアリーは仰天してとび起きた。階段を駆け下りて玄関広間にとび込むと、赤いバスローブを着た夫は血まみれになって倒れていた。頭蓋は粉砕されてふっとび、とび散った肉片の間に猟銃が投げ出されていた。メアリーはジョージのいる別棟へ走り、変事を聞いたジョージは病院へ電話で知らせる一方、動転したメアリーは病院へ入り、鎮静剤を飲んで一日ひと晩寝ていた。

翌日検死が行われた。メアリーはやっと山荘に戻って立ち会い、郡検死官は自殺の遺書もなく事故死と見做すことにした。彼女は真相を明かす勇気が出ず、猟銃暴発による事故死と公表し、ヘミングウェイ事故死のニュースは世界中の人々を驚かせた。とはいえ狩猟家でもあるヘミングウェイが猟銃暴発の事故死とは考えにくかった。数年後の一九六六年、『ルック』(九月六日号)のインタビュー記事で、メアリーは初めて自殺を確認して公表した。ヘミングウェイは享年六十一歳、遺骸はケチャムの共同墓地に埋葬された。

ヘミングウェイ一家にはピストルで自殺した父親の影響が及んでいたのか、長男のアーネストは猟銃で自殺し、妹のアースラは癌に苦しみ、一九六六年薬物自殺を遂げた。末弟のレスターは糖尿病その他の難病に悩み、一九八二年ピストルで自殺した。

死と人生

ヘミングウェイは死を主題とした作品をいくつか書いた。とりわけ猟銃による自殺の方法を暗示して想起されるのが、オークパーク高校時代、学内の文芸誌『タビュラ(筆記板)』に載せた短編「マニトゥ(インディアンの神)の審判」である。仲間を殺そうとして、仕掛けた罠に自身がかかったトラッパー（獣を罠で捕らえる猟師）は、そのまま狼に食われる無残な生き恥をさらしたくないので、ライフル銃の銃口を口蓋に押し当て、足指で引金を押し、自殺した。それは一九一六年のことだが、一九六一年のヘミングウェイの脳裡にこの短編の風景が浮かんでいたかもしれない。

死そのものに言及しているのが、『午後の死』における次のような老婦人との会話である。

ああ、奥様、男性たるものにして、何らかのしるしを身に持たぬ人間はありますまい。どこをぶつけたとか、どこを折ったとか、やれ何にかかったとか、何かやられているんです。……

老婦人「では、全然処置なしですの？」

奥様、人生万般、一切が処置なしなんです。あらゆる不幸の至高の処理法は死という奴です。……（佐伯彰一訳）

その死について、ヘミングウェイはまた『誰がために鐘は鳴る』の主人公ロバート・ジョーダンとなって、「瀕死の状態が長く続くのは全くよくない、心を傷付け、生き恥をかかされる」と明言している。

彼は破滅的に体調をくずし、書くことはむろん読むこともできず、人々とのつながりもなく、病院に入ったままの病み衰えた老人だった。かつての輝かしいヘミングウェイではなく、そんな自己をあわれみ、嫌悪する一方では、彼を病院へ入れ、電気ショック療法さえ受けさせておけば、病人は幸せで安心なのだとする妻の思惑には敏感に反応し、その妻も嫌悪し腹を立てた。自分の悲惨に踏み込めない妻も縁のない存在となって、突き放していた。

メアリーは退院の許可が出たものの、ひとりになると急にふさぎ、ぶつぶつ独り言をいう夫に対しては不安感を拭いきれなかったが、アーネストは平静を保ち、医師の目をくらます術《すべ》を心得、病院の悲惨から抜け出し、至高の処理法をえらんだ。彼の自殺はむろん猟銃による暴発ではなく、さらに激情の発作でもなく、自己の信条に徹した最後の果敢な行為だった。


メアリーはひとり置き去りにされ、わびしさや屈辱や悔恨の日を送らなければならず、夫の粗暴な振舞いに耐えた結末は彼女にとっても悲劇的だが、夫の文学活動とその声価に対する尊敬の念を失ってはいなかった。一九六六年にはヘミングウェイとの交遊を記録したA・E・ホッチナー『パパ・ヘミングウェイ』（一九六六年）をプライヴァシー侵害の理由で提訴した。ニューヨーク州法廷は「国民の知る権利」と「報道の自由」の法的根拠によって敗訴に終わったけれど、メアリーは亡夫ヘミングウェイの遺作の刊行に努めた。

遺作はパリ回想記『移動祝祭日』（一九六四年）始め『海流の中の島々』（一九七〇年）『危険な夏』（一九八五年）『エデンの園』（一九八六年）だったが、興味のあるのは遺言で禁止されていた書簡類の刊行が、死後二十年経った一九八一年実現されたことで、それはメアリーの協力によるカーロス・ベイカー編『アーネスト・ヘミングウェイ書簡選』だった。書簡選はヘミングウェイの日常を知る貴重な資料でもあった。

メアリーは西部育ちの活動的な性質が多分にあって、夫とともに過ごした往時を偲び、パリ、ヴェニス、さらにスペイン、ケニヤの各地を巡り歩く一方、ロシア、オーストラリア、南極地方と遠隔の地への旅をした。終始ニューヨーク住まいを続け、夏は避暑を兼ね、ケチャムの山荘へ行くこともあったが、ジャーナリストだった証左でもある自伝的回想記『むかしの経緯』（一九七六年）を著した。後述（「ヘミングウェイとわたし」）するように一九八六年十一月二十六日ニューヨークで死去した。享年七十八歳だった。ヘミングウェイの最後の遺作の狩猟記『(夜明けの）最初の光の真実』（一九九九年）はメアリーに代わり、次男のパトリックによって刊行された。

さもあらばあれ、短編「清潔な照明のよいところ」には、人間の無をたたえる次のような祈りの文章がある。

無《ナダ》にいますわれらの無《ナダ》よ、御《み》名が無《ナダ》でありますように、御《み》国が無《ナダ》でありますように、御《み》心が無《ナダ》におけるように無《ナダ》において無《ナダ》でありますように、わたしたちにこの無《ナダ》を、日ごとの無《ナダ》をお与えください。わたしたちが無《ナダ》を無《ナダ》にするように、わたしたちの無《ナダ》を無《ナダ》にしてください。わたしたちを無《ナダ》のなかに無《ナダ》にしないように無《ナダ》よりお救いください。こうして無《ナダ》、無《ナダ》に満ちた無《ナダ》を祝福してください。無《ナダ》はあなたのものだからです。

一切は無にして無、すべては滅びる運命にあり、鮮烈に生きたヘミングウェイも、ヘミングウェイと共に生きた女たちも今は過去の中へ消え失せた。とはいえ無にみちた無の人間社会において、それぞれがそれぞれの人生をひたすら生きたことに間違いはなく、そんな無にみちた人生はたたえられなければならない。そして戦争と愛憎の世界をすさまじくくぐったヘミングウェイは他に類例のない存在として、幾多の力強い作品と共に少なくともアメリカにおける最大の作家である印象を与えた。

ヘミングウェイとわたし

ヘミングウェイの最初の評判作『日はまた昇る』が出版されたのは一九二六年だが、わたしはこの作品をモダンライブラリーの普及版で読んだ。それがきっかけでヘミングウェイを知るようになったといっていい。振り返ってみると、わたしはまだ英文科の学生だった頃で、ヘミングウェイについての追憶は遠く古い。

残念ながら当時は今日のようにアメリカ文学はわたしたちの間に浸透せず、ヘミングウェイの名前すら知られていなかった。それも無理からぬ話だった。英文科は文字通り英文学の講義や講読に終始して、アメリカ文学の介入する余地は全くなかった。わたしの記憶にある学科名を列記してみると、市河三喜「英語学」「聖書の英語」、斎藤勇「ロマン派の文学」「ミルトンの失楽園」、沢村寅二郎「シェイクスピア（講読）」など。現代文学としてD・H・ロレンス『息子たちと恋人たち』、オールダス・ハックスレー『ポイント・カウンター・ポイント』などを読んだ。

とはいえ一般にアメリカ文学が紹介されていなかったわけではなく、アプトン・シンクレアの暴露小説、マイケル・ゴールド『金のないユダヤ人』、シンクレア・ルイス『本町通り』などの評判作の訳書も出ていた。が、いずれも社会意識が強く、芸術性が希薄なものとして話題にもならなかった反面、わたしは文学的なものを探り出したい興味から、たまたまヘミングウェイの評判作に出会ったのだった。さらに残念ながら、古典文学作品になじんできたわたしにとって、平易な日用語を駆使する簡潔な文体や行動的でテンポの速い物語に戸惑い、作品を理解する余裕もなく、通読して作品を放棄していた。

時代の風潮も悪かった。海外作品はフランスを中心としたヨーロッパの文学が主流で、ヘミングウェイの代表作でありベストセラーでもある、三年後に出版された『武器よさらば』（一九二九年）は、同年におけるレマルクの反戦小説『西部戦線異状なし』の圧倒的な声価に押され、話題にもならなかった。ただ反戦を主題としたアメリカ的大衆恋愛小説の類のものとして、僅かに伝える小さな新聞記事を見届けたにとどまった。なお悪いことに、『戦場よさらば』の題名をつけた、紙表紙の粗末な訳本が神田の古本屋の店頭にある安売本に交じっていた。わたしは見過ごして通りすぎたのを覚えている。

以上がわたしの実感した、戦前におけるヘミングウェイを中心としたアメリカ文学の一様相だった。

終戦すなわち敗戦の結果、社会情勢は一変し、アメリカ文化が恐ろしい勢いで氾濫した。アメリカ文学も戦争関連のものを中心にしてベストセラーがいち早く訳書になって現われる有様だった。主要なものに、スタインベックの『怒りの葡萄』(戦前の新居格訳に代わる新訳。葡萄という漢字も懐かしい)、メーラーの『裸者と死者』などがあった。

しかしアメリカ文学に対する関心が高まったのは、一九五〇年代フォークナーがノーベル賞を受賞してからだったろう。とりわけフォークナーの作品に注目が集まり、一九五五年夏のアメリカ文学長野セミナーのため、フォークナーが来日したぐらいだった。

一方ヘミングウェイはハバナに住み、アメリカ文学の主流から離れた存在にすぎなかったようだが、一九五二年『ライフ』誌(九月一日号)が『老人と海』を一挙掲載して話題を呼び、一種のヘミングウェイブームが起こったといってよかった。それまで皆無だった評伝が三冊も一度に出ていた。ジョン・アトキンズ『アーネスト・ヘミングウェイの芸術』、カーロス・ベイカー『ヘミングウェイ——芸術家としての作家』、フィリップ・ヤング『アーネスト・ヘミングウェイ』であり、一九五四年フォークナーに次いでヘミングウェイもノーベル賞を受賞していた。

以上が戦後におけるアメリカ文学の一様相だった。

さて私事に亘るが、アメリカ文学に対する関心が高まるに伴い、『日はまた昇る』以来持っていたヘミングウェイへの関心も目覚め、わたしは所属する大学の学内機関誌に作家論ふうのヘミングウェイ論を書いた。それはそうにちがいないが、実のところわたしは自分の身辺事情に促されて書かなければならずに書いたようなものだった。それは外でもなく、数年間戦地暮らしをしていて、帰国後講師勤めをしていたわたしにも、昇格の順番が回ってきたことで、昇格の認定にはいわゆる業績（発表論文）が必要である。業績皆無なわたしは早速ヘミングウェイにとびついたというのが実情だった。

それはさておき文学者即書斎人という既成概念を打破し、野性的で行動的、躍動感にみちたヘミングウェイの姿態は、戦後の虚脱した精神を奮い立たせる力強さがあり魅力もあった。そしてそんなヘミングウェイを追い、最初の論稿へさらに論稿を加え、一書（『ヘミングウェイ研究』、一九五五年、南雲堂）をまとめることができた。とはいえ当時の事情として参考にすべき資料は乏しく、中途半端であいまいな点もあり、その後増補改訂を余儀なくされた。が、内容の一貫した主張や自身の文学信条に変わりはなかった。

一方ヘミングウェイへの関心度は一般に依然高く、わたしの初版本は一九九〇年までに十六版を重ねた。しかしヘミングウェイについての研究書や評論の類がアメリカでは次々に出版され、カーロス・ベイカーによる詳細な伝記『アーネスト・ヘミングウェイ』の訳書も出るに至った。

ヨーロッパはむろんアメリカも知らず、英文学やアメリカ文学を講読する教師の立場は社会通念的にさして違和感もなかろうが、知らないことへのもどかしさは付きまとって離れない。戦後の混乱から一般の海外渡航は禁止されていたのだったが、終戦後実に十九年経った一九六四年四月、解禁となった。大学などでも海外研究の気運が高まり、学部毎にそれぞれ一名、長期滞在の海外研究が実現するようになった。それはむろん年功者からという順番があって、教授会に加入したばかりのわたしのところへ順番が回ってくるのは、何年先のことか分からない。それはそれとして、このいわゆる海外渡航の「自由化」をとらえ、夏の休みにアメリカへ行き、少なくともヘミングウェイの死生の場所を確かめてみたいと思った。

しかし敗戦の結末は色濃く残り、外貨持ち出しは一人五百ドルまで、おまけに一ドル三百六十円の換算率ではハワイ往復がせいぜいだった。わたしは在外研究員の資格で、別枠二千ドルまでの許可があったが、すべて自前なので、万事緊縮、ドル高のアメリカを痛感しながらの節約主義を心掛けなければならなかった。実際格安料金のＹＭＣＡか、地方都市での中級ホテルかを選んでは泊まりを重ねた。ちょうどヴェトナム戦争が始まったばかりだったが、アメリカ国内は至って平穏で、初めてのアメリカ旅行に支障はなかった。

この旅行の第一の目的は、ヘミングウェイの終焉の地であるアイダホ州ケチャムを訪ねることだった。地名は分かっていても実際にアメリカでの交通の便はつかめず、不安と緊張が交錯して困惑した揚句、ニューヨーク在住のメアリー未亡人に宛てて思いきって書信した。居所は東六十五丁目二十七、アメリカ文化センターの人名録で調べていた。

メアリー未亡人からはさっそく航空便の返書をいただいた。懇切丁寧な文面にいくらか驚いたが、ありがたかった。航空便は手許に保存してあるので、念のため文面を次に紹介する。


アイダホ州ケチャムの夫ヘミングウェイの墓をわざわざお訪ね下さる由、感銘を受けます。合衆国を二か月かけての旅行計画と知って、うれしく存じます。あなたが列挙された各地を全部回るにはずいぶん時間がかかるでしょう。サンフランシスコからケチャム（サンヴァレー）へは一般交通機関ではむずかしいですから、レンタカーでドライヴするのがいいでしょう。（アーネストの墓はケチャムにあります。サンヴァレーから一マイルばかり。墓地へ行くには何も許可は要りません。一般に公開され、アーネストの墓を見るのでアメリカ人が大勢行きます）サンフランシスコからケチャムまでドライヴで二、三日かかります。ワルーン湖へ行くにも車が必要でしょう。そこへ行くための一般交通機関は殆どありません。多分ご承知でしょうが、当地では殆どどこの都市でも車は簡単に借りられます。途中汽車か飛行機の旅にするので、車を乗りすてたい場合は、元の都市へ車を返す必要はなく、同じ会社の代理店へ戻すだけでよろしい。シカゴからニューヨークへ、ニューヨークからニューオーリンズへは、長くて疲れる仕事でしょう。空路の方が楽です。当地の距離は、日本に較べてずっと大きいです。

わたしは七月二十四日までにニューヨークにいます。ケチャムの家には七月三十日からいます。三十日以降ケチャムにお着きになったらお訪ね下さい。お茶飲み話をしましょう。ひと月前に出版した夫の最初の遺作『移動祝祭日』は、日本の出版社から間もなく(翻訳して)出る予定です。遺作は非常に好評でベストセラーになっています。お読みになってお楽しみ下さい(一九六四年六月二日付)

残念ながら日本は車社会の繁栄には程遠く、懇切丁寧な教示もわたしには通じなかったばかりか、一般交通機関では到達はむずかしいと明言され、却って土地不案内な大国アメリカが不気味に大きくのしかかった。わたしは節約主義に都合がいい通称「九十九日間九十九ドル」のバス周遊券を購入していたのだが、外人客誘致のこの優待周遊券でうまく目的地に辿りつけるのか、そんな不安も兆した。ともあれ渡航は渡航、七月中旬羽田（ジャンボ機以前で成田はまだ完成していない）からパンアメリカン（現ユナイテッド）で、ハワイ経由サンフランシスコに至った。幸い夏期期間中はケチャムの先のサンヴァレーまでバスがあるのを知ってよろこんだものの、途中リーノで一泊、それから二度ばかり乗り換え、ややこしかった。

ヘミングウェイの大きな墓石は、草原のように広い墓地の中程に置かれ、白木の十字架が立ち、リゾート地サンヴァレーの花屋で求めたカーネーションの花束を十字架の下に供えて退去した。七月下旬でメアリー未亡人にはお目にかかれず、旅程の先を急いだ（拙著『アメリカ一周バス旅行』一九六六年、南雲堂）。

二年後の一九六六年、長期滞在の海外研究という順番が回ってきたので、ヘミングウェイを追っての旅を続けた。アメリカ最南端の港町キー・ウェスト（ヘミングウェイの旧邸宅は一般に公開されていた）から北上してシカゴへ出、さらにミシガン半島の突端部から対岸のセント・イグナス（ニックの魚釣り旅行の起点）まで行き、次にニューヨーク経由でヨーロッパへ渡った。ヨーロッパではパリを始めスイスと北イタリアの各地を巡り、ヘミングウェイの足跡を訪ねながら、スペインもアンダルシア地方まで行った。詳細は既述

（『八八歳のアメリカ文学』一九九九年、南雲堂）したので省略するが、そんなわけでメアリー未亡人にはお目にかかれず歳月を過ごした。

その間年末にはクリスマス・カードが届き、「ケチャムに来たら電話するように」と誘いまで受けた。そして最初の訪米から七年後の一九七一年の夏、二度目にケチャムを訪れ、今度は折りよくお目にかかれた。

ヘミングウェイの住んでいた山荘は、町はずれの谷川の対岸、丘陵地の中程にある。投宿したモーテルから電話すると、メアリー未亡人は車で迎えに来られた。むかしは「ポケット・ルーベンス」の愛称もあった由の未亡人は大柄な印象で、背丈はわたしより高い。今は年を重ねたが、かつては巨漢の夫ヘミングウェイと行動を共にした活力はあったにちがいない。北西部ミネソタ州生まれの西部的明るさに加え、ジャーナリスト出身の気軽さからか、一向に気取りもなく応待された。

山荘の外観は前にも述べたことがあるが、中に入るのはむろん初めてで、玄関口はそのまま大広間だった。そしてここはヘミングウェイが自ら命を絶った惨事の場所なのだが、今はいうまでもなくそんな痕跡はない。大きな暖炉の上の壁には、剝製の大鹿の頭部がかけてあり、狩猟家ヘミングウェイの風貌が浮かんでくる。

ヴェランダの席で、わざわざ入れてくださった紅茶をいただき、原生林に取り巻かれた四周の景観を楽しんだ。樹海の彼方にはロッキーの支脈の山塊が峰頂をそば立てていた。メアリー未亡人は前年モスクワでのヘミングウェイ記念の催しに招かれた。そんな旅の話をうかがい、しばらくして辞去した。帰りはまた車で送ってもらったが、わたしはそれから数年前サンヴァレーの谷川のほとりに建った、ヘミングウェイの記念碑を訪ねるつもりだった。

メアリー未亡人はその後遺作の刊行に努めていたが、一九八六年十一月二十六日、ニューヨークで死去した。享年七十八歳だった。新聞の小さな死亡記事で知り、逝去を悼むと、ヘミングウェイのすべてがこれで終わってしまったような気分が襲った。そしてヘミングウェイを追ってのわたしの旅も終わりなのか、そんな感慨にふけり、以後もわたしはアメリカへ行っていない。

（日本ヘミングウェイ協会誌二〇〇二年五月）

あとがき

ヘミングウェイの作品には多年なじんできたけれど、此の度は作品と作者の日常との相関関係に踏み込み、作者の日常的な人間像をとらえることで、作品を一層具体的に理解しようと心掛けた。そのささやかな試みが本書である。

さもあらばあれ人間の愛憎の世界をすさまじくくぐり抜け突っ走ったヘミングウェイの、放胆な行為と行動に三嘆させられながら、この作家を追ってきたのも、帰するところ人間自体に対するわたしの限りない愛着のせいではなかったかと、秘かに振り返って考えないわけにはいかない。

本書はわたしにとって終極の著作となりかねないので、本書の刊行に際し、とりわけ多年ご配慮をいただいた南雲堂の原信雄氏に心から謝意を表する。

二〇〇二年八月一日　九十一歳の誕生日に　　石　一郎

主要参考資料

マーセリン・H・サンフォード『ヘミングウェイ家にて』 Marcelline Hemingway Sanford, *At the Hemingways.* Boston: Atlantic-Little, Brown & Co. 1961.

レスター・ヘミングウェイ『兄アーネスト・ヘミングウェイ』 Leicester Hemingway, *My Brother, Ernest Hemingway,* Cleveland: The World Publishing Co. 1961.

ガートルード・スタイン『アリス・B・トクラス自伝』 Gertrude Stein, *The Autobiography of Alice B. Toklas.* Penguin Books. 1966.

コンスタンス・C・モントゴメリー『ミシガンのヘミングウェイ』 Constance C. Montgomery, *Hemingway in Michigan.* N. Y.: Fleet Publishing Corporation. 1966.

A・E・ホッチナー『パパ・ヘミングウェイ』 A. E. Hotchner, *Papa Hemingway.* N. Y.: Random House. 1966.『ヘミングウェイとその世界』 *Hemingway and His World.* N. Y.: The Vendome Press.(発行年不詳)

ウィリアム・ホワイト編『アーネスト・ヘミングウェイの署名記事』 Willam White (ed.), *By-Line: Ernest Hemingway.* N. Y.: Charles Scribner's Sons. 1967.

カーロス・ベイカー『アーネスト・ヘミングウェイ』 Carlos Baker, *Ernest Hemingway: A Life*

Story. N. Y.: Charles Scribner's, Sons. 1969.
ロイド・R・アーノルド『ヘミングウェイと野生のものに熱中して』 Lloyd R. Arnold, *High on the Wild with Hemingway.* Idaho: The Caxton Printers. 1969.
ジェームズ・マックレンドン『パパ——キー・ウェストのヘミングウェイ』 James McLendon, *Papa, Hemingway in Key West*. Miami, Flor.: E. A. Seemann Publishing, Inc. 1972.
アリス・H・ソコロフ『最初のヘミングウェイ夫人ハドレー』 Alice H. Sokoloff, *Hadley, The First Mrs. Hemingway.* N. Y.: Dodd, Mead & Co. 1973.
ホセ・L・カスティーヨ・プーチェ『スペインのヘミングウェイ』 José Luis Castillo-Puche, *Hemingway in Spain.* Garden City, N. Y. Doubleday & Co. 1974.
メアリー・W・ヘミングウェイ『むかしの経緯』 Mary Welsh Hemingway, *How It Was.* N. Y.: Alfred A. Knopf. 1976.
グレゴリー・H・ヘミングウェイ『パパ』 Gregory H. Hemingway, *Papa.* Boston: Houghton Mifflin Co. 1976.
マイケル・レイノルズ『ヘミングウェイの第一次大戦』 Michael Reynolds, *Hemingway's First War.* N. Y.: Princeton University Press. 1976.
マーサ・ゲルホーン『私自身ともうひとりとの旅』 Martha Gellhorn, *Travels with Myself and Another,* London: Eland Books. 1978.
ロバート・E・ガイデュセク『ヘミングウェイのパリ』 Robert E. Gajduseck, *Hemingway's Paris.* N. Y. Charles Scribner's Sons. 1978.
カーロス・ベイカー編『アーネスト・ヘミングウェイ書簡選』 Carlos Baker (ed.), *Ernest Hemingway Selected Letters.* N. Y.: Scribner's Sons. 1981.

バーニス・カート『ヘミングウェイの女たち』　Bernice Kert, *The Hemingway Women*. N. Y.: W. W. Norton & Co. 1983.

ノルベルト・フェンテス『キューバのヘミングウェイ』　Norbert Fuentes, *Hemingway in Cuba*. Secaucus, N. J.: Lyle Stuart Inc. 1984.『アーネスト・ヘミングウェイ再発見』 *Ernest Hemingway Rediscovered*. N. Y.: Charles Scribner's Sons. 1988.

ジェフレー・メイアズ『ヘミングウェイ』　Jeffrey Meyers, *Hemingway*. N. Y.: Harper & Row, Publishers. 1985.

ピーター・グリフィン『青春とともに』　Peter Griffin, *Along with Youth: Hemingway, The Early Years*. N. Y.: Oxford University Press. 1985.

マイケル・レイノルズ『若きヘミングウェイ』　Michael Reynolds, *The Young Hemingway*. Oxford & N. Y.: Basil Blackwell. 1986.『ヘミングウェイ、パリ時代』 *Hemingway, The Paris Years*. N. Y.: Basil Blackwell. 1989.『ヘミングウェイ、アメリカへの帰国』 *Hemingway, The American Homecoming*. N. Y.: Basil Blackwell. 1992.『ヘミングウェイ、晩年』 *Hemingway, The Final Years*. N. Y.: W. W. Norton & Co. 1999.

ジャック・ヘミングウェイ『蚊針釣り師の不運』　John H. N. Hemingway, *Misadventures of a Fly Fisherman*. N. Y.: McGraw-Hill Book Co. 1986.

ケネス・S・リン『ヘミングウェイ』　Kenneth S. Lynn, *Hemingway*. N. Y.: Simon and Schuster. 1987.

ケニス・ブライアン『真の情報』　Denis Brian, *The True Gen, An Intimate Portrait of Hemingway by those who knew him*. N. Y.: Grove Press. 1988.

ヘンリー・S・ヴィラアド外編著『ヘミングウェイ　愛と戦争』　Henry S. Villard (ed.),

Hemingway in Love and War. Boston: Northeastern University Press. 1989.
マイケル・レイノルズ編『ヘミングウェイ年表』 Michael Reynolds (ed.), *An Annotated Chronology.* Detroit: Omnigraphics, Inc. 1991.

著者について

石　一郎（いし　いちろう）

一九一一年、茨城県生まれ。一九三五年、東京大学文学部英文科卒業。元明治大学教授。専攻はアメリカ文学。

主要著訳書

『ヘミングウェイ研究』『F・S・フィッツジェラルド試論』『愛と死の猟人〈ヘミングウェイの実像〉』『終わらない戦争』『自然と文明――アメリカの西部小説を読む』『八八歳のアメリカ文学――20世紀・戦後の記憶』（南雲堂）『海のサムライ〈三浦按針伝〉』（河出書房新社）『小説小泉八雲』（集英社）ヘミングウェイ『武器よさらば』（筑摩書房）ウィンパー『アルプス登攀記』（旺文社）ヤングハズバンド『カラコラムを越えて』（白水社）その他。

ヘミングウェイと女たち

二〇〇二年十一月二十日　第一刷発行

著　者　石　一郎
発行者　南雲一範
発行所　株式会社南雲堂
東京都新宿区山吹町三六一　郵便番号一六二-〇八〇一
電話　東京（〇三）｛三二六八-二三八四（営業部）／三二六八-二三八七（編集部）
振替口座　東京　〇〇一六〇-〇-四六八六三
ファクシミリ　（〇三）三二六〇-五四二五
印刷所　日本ハイコム株式会社
製本所　長山製本

乱丁・落丁本は、小社通販係宛御送付下さい。
送料小社負担にて御取替えいたします。
検印廃止〈I-413〉

ISBN4-523-26413-9　C0098

ヘミングウェイ研究　石一郎

20世紀を峻烈に生きたアメリカのノーベル賞作家の代表作をとりあげ、その全体像を浮き彫りにする。

3900円

愛と死の猟人　ヘミングウェイの実像　石一郎

激烈な行動とさまざまな愛の遍歴によって生まれたヘミングウェイ文学の正体を最新の資料を駆使してドキュメント・タッチで描く。

2161円

自然と文明　アメリカ西部小説を読む　石一郎

アメリカの自然と国土に密着する西部小説の特質を伝統的・実証的に解明する。

2500円

88歳のアメリカ文学　20世紀・戦後の記憶　石一郎

アメリカを代表する二代作家ヘミングウェイとスタインベックへの追憶と個性あふれる文学紀行。

2500円

アメリカの文学　八木敏雄　志村正雄

アメリカ文学の主な作家たち（ポオ、ホーソン、フォークナーなど）の代表作をとりあげやさしく解説した入門書。

1827円

＊定価は本体価格